琦君

大家经典

母心似天空

琦君 著

山东文艺出版社

目 录

001	母心似天空	093	我的第一本书
008	水的怀念	099	春的喜悦
014	放生	109	感新年
024	莫伤稚子心	113	日落的那边
030	猫缘	122	悼徐訏先生
036	爱猫人看猫戏	127	悼克环
041	狗逢知己	134	和蔼的微笑
047	风雨忆	140	钢琴和我
052	牙趣	150	寂寞橱窗
058	火烧"鸡"	156	一篇旧稿的感触
063	一颗诗心	161	头发的故事
068	我读儿童诗	172	年轻
073	不卜他生乐此生	178	心灵的契合
078	树的感怀	187	莉莉,一朵凄苦的花
082	初识夏阳	199	女人与书
088	我的笔名	215	琦君写作年表

母心似天空

我嚷着要妈妈给糖吃，
从八点吵闹到十二点。
妈妈一声不响地走到窗前，
转过脸来对我说：
天空伤心，所以下雨了，
我看见妈妈的眼泪如雨般落下来，
妈妈，您是天空吗？

记得读过一首题名"雨"的诗:

> 我嚷着要妈妈给糖吃,
> 从八点吵闹到十二点。
> 妈妈一声不响地走到窗前,
> 转过脸来对我说:
> 天空伤心, 所以下雨了,
> 我看见妈妈的眼泪如雨般落下来,
> 妈妈, 您是天空吗?

我一遍遍地读,想起幼年时,常常仰望天空,看母亲落泪。当时并无意伤母亲的心,如今身为人母,才知道天空中的雨水,原来无有止时。

天空有时晴明万里,有时阴霾密布。可是天空原无一个具体的"我",只是无边无际地孕育着万物,万物承受雨露滋润,发育成长而不自知。

又有一位诗人写道：

母亲的心，
像针插。
总是默默承当，
不喊一声痛。

想来这两位诗人，都是最能仰体亲心的子女吧。

有一位母亲叹息似的说："我但愿自己能活一百岁、两百岁，不是贪恋人生，而是想能够一直牵着儿孙的手，带领他们平平安安走完人生的道路。"这就是所谓的"痴心父母古来多"啊！

时至今日，由于西方文明的冲击，"代沟"与"反抗期"等新理论成了做父母的必修课程。成长中的子女，对于父母的"责望"远过于父母望子成龙、望女成凤之心。当年是天下无不是的父母，如今是天下无不是的子女。青少年犯罪率的日益升高，似乎都由于做父母的不懂得如何了解子女、做子女的朋友；万方有罪，罪在父母。可曾有哪一位游学西方的权威学者，重振一下中国孝悌忠信的固有道德，提醒做子女的勿忘父母罔极之恩呢？难道这些子女们长大后，来日不为人父母吗？

父母子女之间，是亲情而不是权利义务，西方人虽然强调权利义务，但也并不忽视亲情。我旅居美国三年，与左右邻居老一辈的为友，也和他们的年轻一代为友。我发现他们之间彼此的关怀爱顾，反远过于少数中国家庭年轻夫妇对老人的态度，这真叫我既惊奇又感慨。我左邻的一个十几岁的小女孩，每天骑着单车挨家送完晨报以后，都推着她坐轮椅的祖母出来溜狗散步。祖孙之间脸上的快乐笑容，正表示她们真心真意的息息相关。可是有一家中国家庭，却把老病的母亲丢在家中，夫妇外出旅行。我们中国的传统道德到哪里去了？真叫我这个守旧的中国人，无言向老美解释。

我旅行去荷华农庄，探望一位美国老友时，正逢她女儿生日，母亲兴匆匆忙着为女儿做蛋糕，女儿却笑吟吟地为母亲献上一束芬芳的康乃馨，一张自制的丝质贺卡上写着："亲爱的爸爸妈妈，每到我生日，我更感谢你们、想念你们。尤其在我自己做了妈妈以后。因为你们给了我这么完美的生命、这么丰富的智慧、这么幸福的人生。爸爸、妈妈，我爱你们，永远永远。"

母亲读着卡片，安慰得泪如雨下，我在一边也禁不住泪水盈眶。她抹去眼泪对我说："记得我曾在信中对你说过吗？'女儿幼年时，踩在你脚尖上，长大了却踩在你心尖上。'可是到了儿子成人、女儿出嫁以后，我愈来愈感到不是这样。我们父母子女永远是心连心，互爱互赖。"

听了她的话，我好感动，也好感慨。我不忍心告诉她我们台湾青少年今日的心态。我只给她讲了自己小时候的一个故事：

我五岁时坐在母亲怀中，母亲在和姑妈聊天，没有像平时似的搂得我那么紧，我忽然心生妒意，用手帕把自己的小小食指使力地缠绕起来，缠得指尖发紧，然后放声大哭。我的目的只是要母亲注意我，全心全意对我。母亲急忙把手帕解开时，小食指尖已紫得跟樱桃似的，母亲连忙把它放在口中吮啜，软软的舌头包卷住指尖,好暖好暖,我仰头望母亲,母亲的泪水一颗颗掉下来,可是脸上却带着笑,因为她看我已经不哭了。

我当时虽只是五岁的孩子,却已经不止踩在母亲的脚尖上,而是踩在她的心尖上了。和朋友叙述这个幼年故事时,又忽然想起那位诗人的句子:"天空伤心,所以下雨了,妈妈,您是天空吗?"我把这几句诗,和那首"针插"的诗都口译给他听,她莞尔而笑。她说:"我深深懂得,你们中国人最重亲恩,才会有这样感人的诗。"她又告诉我,他们把八十岁老母送进养老院,是因为那儿的一切医疗设备比家中更完善,而不是疏离她。他们夫妻隔日必轮流去探望她一次,把刚生的孙女照片带给她看,让她享受四代同堂的幸福。谁说美国不重亲情呢?

我曾请教一位少年辅导所的负责人,他是一位黑人。我说:"两代之间,真有代沟的存在吗?"他咧开大嘴坦诚地笑笑说:"代沟如同一级一级的楼梯,父母亲向下走,子女们向上走。彼此伸手相扶,那是一种和谐协调的幸福而不是问题。"他又耸耸肩幽默地说:"我们美国的学者专家们把所谓的代沟看得太严重了。难道你们中国也这么严重吗?我没有受过高深的教育,我只记得父母亲有多爱我,我有多爱我的子女,所以我更爱我的父母亲,我的子女们也更爱我。"

难道拥有几千年孝悌忠信文化的古中国,还得倒过来向西方学习吗?

我又想起"雨"那首诗:

  天空伤心,　所以下雨了,

我看见妈妈的眼泪如雨般落下来,
妈妈, 您是天空吗?

写于六月九日

原载台湾 《中华副刊》 (一九八一年六月廿六日)

水的怀念

我想母亲不是不知道，
所谓的水神，
只不过是人们心中假想的神灵。
可是她宁可相信天地间万物都有位神在掌管，
她虔诚地敬畏着，
心里才感到平安踏实吧。

炎夏已至,水的需要量必然大大地增加。可是家家户户,水龙头一扭开,水就汨汨地来了。送到你厨房里,送到你浴室里,送到你嘴边。龙头一关,水就停止了。随时的开关,随处的开关,多方便呀。我们可曾想到,这一开一关之际,背后有多少人在为我们服务?我们又可曾想到,每人节省一滴水,可为国家节省多少人力物力吗?

我每回扭开水龙头,大量地用水冲洗厨房或前后院时,觉得水来得这般容易,用得如此痛快,心里就有一份被现代文明宠坏了的折福感。耳边也仿佛响起老一辈人的频频告诫:"水不能用得太费,太费了会罪过的啊!"

想起早年的农村生活,哪有什么自来水呢?厨房里食用的水,都是长工一担一担从老远的河边或山脚下挑来的。河水倒在水泥砌的四方池里供洗米洗菜用,山泉倒在圆形水缸中供煮饭烹茶用。至于洗大件头的被单衣服,五叔婆和母亲,就得捧着木盆、迈着小脚,到后院水井边或前门河埠头去洗。我最最喜欢跟着去用木棍捣衣,或用小水桶吊水。当然,我总是愈帮愈忙,没有把自己掉进井里河里就算没惹大人生气了。我最喜欢做的还是吊水。可是吊桶扔下井去，翻好几个筋斗，提上来的桶子，依然空空如也。看五叔婆只要把绳子一抖，满满一桶水就吊上来了，我就会连声地喊："五叔婆，教教我嘛，教教我嘛。"五叔婆就会咧开缺了好几颗门牙的嘴，得意非凡地说："你当是你们认得几个'白眼字'的，就样样都会啦？告诉你，吊水可要点本领呢。你娘每回也只吊得半桶。"母亲听了，只是抿着嘴儿笑，我听了却有点生气。五叔婆总是看着我这个"读书人"不顺眼。每回一说到字眼，就管它叫"白眼字"，字怎么会是白眼的呢？就因为她自己一个大字儿不认得，觉得个个字都在对她翻白眼吧？

山泉是非常清冽的，母亲说喝山泉就跟喝西洋参汤一样地补。现在想想，一定是矿物质含量较多之故吧。可是出水泉的地方离我们的房子很远，长工挑水着实辛苦，所以大家都得格外节省地用，尤其是缺少雨水的旱天。有一次，我把一个布姑娘泡在水缸里洗澡，被母亲罚跪，一个钟头不许起来。还是外公讲情，叫我帮着用洗米洗菜的水擦地，要我懂得水该怎么个用法，怎么个节省法。

每天，母亲都用小竹勺舀一杯山泉，恭恭敬敬地捧到佛堂里，供在观音菩萨前面，叫做净水。第二天，把净水倒在铜壶里，煮开了泡茶给外公喝。外公边喝边赞叹："好香甜的净水，真是清心补肺，延年益寿呢。"外公说佛法无边，一杯一勺的净水，菩萨会化出汪洋大海那么多的水，供人间灌溉田畴。他说如果地方上人人都虔心敬佛，个个爱惜物力，就一定不会闹旱灾水灾的。

庄稼人靠天吃饭，最盼望的是风调雨顺。要想风调雨顺，就得平时积福积德。不但要爱惜粒粒皆辛苦的谷米,爱惜一株菜,一颗豆子,就连取之不尽、用之不竭的水,也是非常爱惜的。遇到万不得已,要多用点水的时候,大家都会喃喃地边做事边念起《水神经》来。生怕用水过多,激怒了神灵,来个大旱灾或大水灾。《水神经》也跟《太阳经》《月光经》似的,母亲念起来,抑扬顿挫,格外好听。她念的经,我都会背。《水神经》好长,开头的四句非常文雅:"佛说《水神经》,无量无边功德深。春风若恋人间世,汪洋储水济生灵。"好个"春风若恋人间世",乡下人怎么这样富于幽默感呢?

夏天是用水最多的日子,若遇久旱不雨,乡长就会向各家各户捐款,在庙里念几堂经,称为"拜水忏"。表示对水神的感谢或告罪。这固然是农村社会的迷信,但那一份纯厚的民风,也就见之于对神祇的尊敬与信赖。

我家搬到杭州以后,开始用自来水了,一扭开龙头,水就潺潺而至。母亲真是又惊又喜又叹息。每回一开水龙头,就忙不迭地关上,连声说:"阿弥陀佛,真真太方便,真真太享福了啊。"幸得那时还没有抽水马桶的设备。她若是眼看万马奔腾似的自来水冲洗马桶,真不知要怎么个心痛,怎么个念《水神经》祈求水神赦罪呢。

母亲每回放一盆水,洗完脸,就用来抹桌椅板凳,抹过了桌椅板凳,再用来擦地板。女佣笑着喊:"太太,别这么省啦,这是文明的杭州,不是你们温州乡下。自来水要多少有多少,不用你挑,不用你抬的。"母亲却正色道:"话不能这么说,不论杭州温州,水神菩萨总只有一位呀。我们用什么东西,不爱惜都是罪过的。"我想母亲不是不知道,所谓的水神,只不过是人们心中假想的神灵。可是她宁可相信天地间万物都有位神在掌管,她虔诚地敬畏着,心里才感到平安踏实吧。

我们台湾福地,四面环水。而食用的水,还是有赖天降甘霖,以及民间平时的节省用水,和对森林的保护。幸得数十年来科技的突飞猛进,各座大水库的建设,充分发挥了水利调节之功。可是天然雨水,究竟非人力所能为。就算"人造雨"吧,仍得依赖天时。如天上云层无一丝雨意,人造雨也就造不出来了。气象专家的预测,即使百分之九十九的准确,也无法呼风唤雨、变动乾坤。像去年夏天一度酷热干旱,自来水厂不得不实施分区隔日停水,扭开水龙头,只有嘶嘶之声而没有水,生活上立刻感到非常不便利。因此我不由得想起当年在庙里"拜水忏",跟着母亲虔诚地念《水神经》的情景。总觉得我们今天生活上一切设备如此完善,在科技文明的充分享受里,往往忘却了万事应当饮水思源。真所谓"人在福中不知福"。

我们若能多少保持旧日农村生活那份节俭美德、勤劳的好习惯,就算没有神灵的保佑,也一样会感到心安理得,自求多福吧!

放 生

浸润在安定幸福中的人们，
何曾想到在同一个时刻里，
正有多少生灵在受苦受难？

有一天走在衡阳路,看见一群人围在街角看热闹,有的指手画脚,有的摇头叹气。我猜想一定又是那个无奈的母亲,展示她头大如斗、躯体如蛙的畸形儿,以博取过往行人的同情。我已经在不同的地点看到过两三次,总是匆匆向地上钵子里丢下几个钱,又匆匆逃开,这次我还是忍不住挤进人群去偷觑一眼,却发现是一只中型圆桌面那么大的乌龟,爬行在地上。旁边停着一辆手推板车。一个壮健的男人,双手叉腰,额上冒着汗珠,口沫飞溅地大声吆喝着:"做好事哦,哪一个买了去放生做好事哦?"在如炙的烈阳下,大乌龟的背壳,泛着枯干的土黄色。笨拙的身躯,困顿地移动着。半个头伸在壳外,无力地向左右缓缓摆动。眼角满是黏膜,嘴微微张着,似在向人类求援,看来它一定离开大海很多天了。我真是好不忍,恨不得拎一桶水淋在它身上,使它能得片刻清凉。可是我竟一点儿办法也没有,只颤声地问那男人:"它这样不会枯死吗?"

"不会的,乌龟的耐性大得很呢。"他的目光探索地望着我问:"太太,你要买吗?"

"你卖多少钱呢?"我的声音更低了。

"一万块,"他把食指一伸:"做好事嘛,你付了钱,我马上带你送到海边去放生。"

我愣在那儿好半天,只想对着大乌龟哭一场。莫说我当时身边没有一万元,即使有,相信自己也绝不会这么慷慨,因为一万块钱究竟是可以买不少东西的。但是我内心又有一份见死不救的歉疚,只好对自己说:"你即使买了,也不可能跟他一同去,亲眼看他把乌龟丢进海中。即使真这么做了,你能保证不会在转瞬之间,仍被他捞起,再去做第二笔生意吗?"这样想着,仍不能减轻心头的负荷,乃不禁对老龟喃喃起来:"龟啊,你是如此地愚笨,偏偏人类是如此地诡谲。你为何不在深海中过悠游岁月,而要来到岸边。难道以你千岁以上的高龄,还会对繁华人世产生好奇心吗?还是你本来是在深海之中,只因对人类太信任而误入沟中呢?如今我眼看你受苦受难而无法拯救。不但因我力量微薄,也因我同样是自私的人类,一丝脆弱的善念,敌不过对实际利益的考虑。我一样地舍不得以大笔金钱挽救你于生死边缘。现在只有为你虔诚地祈祷,慈悲的菩萨,保佑你脱离苦海,早登彼岸。"说也奇怪,老龟好像有感应似的,身子渐渐转过来,伸长脖子,似含泪的眼睛,定定地望着我。我心中愈感动,却也愈惭愧、愈沉重。明知这样的默祷,只为减轻自己的罪孽感,对大龟又何尝有丝毫帮助。我这种行为与旁边无动于衷的看热闹者相比,也无非五十步百步之间。转念这个世界,芸芸众生,相生相克,弱肉强食的悲惨,不由得悲从中来。

围观的人群已渐渐散去,我却呆呆地和老龟对望良久,终不得不怅怅地离去。踯躅街头,此心茫茫然无所依归。闹市行人匆匆，熙来攘往。商店橱窗一片繁荣景象。浸润在安定幸福中的人们，何曾想到在同一个时刻里，正有多少生灵在受苦受难？

回家以后，心里一直惦记着那只挣扎于烈阳下的老龟。不知可曾有仁人君子，真的把它亲自送回大海。我既然见过它一次而又舍之而去，就像这一生都欠了它一笔债似的，永难忘怀。深感佛家的爱惜生灵，拯救众生于苦厄之中，岂是一件容易做到的事？许多吃斋拜佛的人放生，不只为自己求福，有多少是出于怜悯之情呢？

这件事，使我想起多年前的一个夏天，在东山中学听诸法师讲经。讲座结束那天，最后的典礼是"放生"。只见走廊里堆叠着十几只乌龟，据说是信徒们捐款购买，远自嘉义运来的。笼里的麻雀挤得水泄不通，吱吱唧唧的悲鸣声，令人惨不忍闻。我只想奔过去开启笼门，放出奄奄待毙的麻雀。可是庄严的法师，正在台上大讲慈悲佛法，普度众生的大道理，不容我擅自破坏程序。法师讲罢，才敲起木鱼钟声，诵经拜忏一番，念完了《大悲咒》《往生咒》，再慢条斯理地走到鸟笼边，抽启笼门放生，可怜的小生命，大半都已气绝多时。少数一息尚存的，也都羽毛凌乱，翅膀折断，爬在地上不住地抖嗦。我实在不忍心再看，便悻悻然走开了。想想这批善男信女，为了"自求多福"，乃使无辜的麻雀，遭此浩劫。明明是把自己的幸福建筑在众生的痛苦上，这比起贪口福之欲而杀生的，更为残忍。我愈想愈快快地无以自解。归途中正好和老和尚同车，我忍不住请教他说："大乘佛法，不但要自己了生死，也要众生了生死，所以念佛要发菩提心。以一身所受之苦，推悯众生之苦。发愿超度众生，是要随时随地，救众生于苦厄之中。像今天这样的放生,岂不大大违背了我佛本怀。"法师年迈,昏昏思睡。听我唠叨了半天,只合十念了一声:"阿弥陀佛,罪过罪过。"我本无慧根,如何参得透这个禅,也只好在心中念一声:"阿弥陀佛,罪过啊罪过!"

这一场麻雀的浩劫,更使我想起幼年时家中多次的放生情景。那时我们家住杭州,每年逢到曾祖父母及祖父母生辰,都要去净慈寺念经做水陆道场,也是哥哥和我最快乐自由的时光。因为吃素的家庭教师也去寺院一同念经,放了我们七天假,我们可以在庙里撒开玩。哥哥还得跟着父亲,跪在蒲团上上香,我是女孩子,没有资格,只好远远地站着看。这种场面是很严肃的,不许讲话不许笑,连咳嗽打喷嚏都得忍着。幸得上供完毕以后,佛堂上换下来的糕饼水果,总有我俩的份,这都不稀奇,我们最盼望的就是看放生。

放生那天,大殿走廊里,一字儿排满大大小小的竹篓,篓子里是螺丝、甲鱼、鳝鱼、蛤子等等。我们蹲在旁边,一篓篓地看,一阵阵腥气冲鼻而来。螺丝看似毫无动静,但不时发出嘶嘶嘶的声音;湿漉漉的鳝鱼,挤上挤下地蠕动着,最是腻胃;蛤子有许多只微微张开壳,小肉脚伸出来,我用指头一碰,它马上缩了回去,差点夹住我的手指尖;甲鱼是最安静的,一副老僧入定的样子。我们巴不得法师快快念完经,快快把它们放进放生池去。放生池非常大,深不见底。哥哥问厨子老刘,池子里放的生越来越多,怎么装得下呢?老刘说:"这个池通外面的河,慢慢地它们就全游出去了。但是到了外面,又会被人捞起,再卖给施主,这还是运气好的,倒霉的就被人家买去烧来吃了。"哥哥生气地说:"这还放什么生呢,明明是骗人嘛。"

老刘说:"哪家放生,就是哪家的功德,别的就管不着了。"我呆呆地听着,实在不懂,为什么一边放生,一边又捉回来把它吃掉呢?老刘指指一篓蛤子说:"这次我买了蛤子,二叔婆还不高兴呢!"我问:"为什么?"他说:"因为她最喜欢吃蛤子,放过生的东西,以后就不能吃啦。"他又叹口气说:"我每天做菜,烫蛤子的时候,一壶开水冲下去,一下子不知死多少生命,心里也很难过,才特地买点蛤子来放生,也给自己赎赎罪。"哥哥摇摇头说:"你这种想法不对,这叫做自相矛盾,老师说的。"哥哥比我大三岁,说出话来就很有学问的样子。我担心的是自己也喜欢吃蛤子,现在看见放了生,不是也不能吃了吗?我又问老刘:"你杀了活东西给别人吃,你的罪过是不是一样重呢?"老刘笑眯着眼说:"我呀,命苦当了厨子,老爷太太要吃什么我就得做什么。每回杀鸡杀鸭的时候,我就念:'鸡呀鸭呀你莫怪,你是人间一道菜。人不吃来我不宰,你向吃的去要债。'"听得我们咯咯地笑个不停。

  法师们念完一堂经,鱼贯来到竹篓旁边,用竹枝蘸着钵子里的净水,在每个篓子上面撒一下,凉凉的水珠,都溅到我鼻子尖上来。我悄悄地跟哥哥说:"我们也溅到净水了。如果掉在河里,菩萨保佑,就不会淹死了。"哥哥说:"傻丫头,自己不会游水,菩萨也保佑不了你呀。"哥哥的见地总是比我高一等,我是很佩服哥哥的。

  我们走到放生池旁的竹林里去玩,忽然发现有一个大纸包,打开一看,全是螺丝。我们奇怪地大喊起来,老刘走来一看,拍了下后脑勺说:"我知道了,准是二叔婆抓一把偷偷放在这里的。"

"那为什么呢?"我们奇怪地问。

"你猜猜看。"老刘神秘地说。

"我猜到了。"哥哥说,"二叔婆从大篓子里抓出来,特地为自己放生的,她一定在这包螺丝上念了好多经。"

"一点儿不错。"老刘说。

"那为什么呢?"我真不懂。"她又为什么不抓蛤子呢?"

"傻瓜,她不是喜欢吃蛤子吗?所以蛤子不能放生,还有,她自己没钱买来放生,就抓一些螺丝来算是她自己的,多念些经在上面,她以为就会保佑她长命百岁了,其实菩萨才不替你分那么清楚哩!"哥哥大不以为然地说。

老刘只是眯着眼睛笑,我觉得大人们有些事情,真把我搞糊涂了。二叔婆长年在我们家做客,爸爸妈妈待她跟亲长辈一般。在放生这件事上,她为什么还要分得那么清楚呢?难道菩萨也跟人一样,喜欢管闲事吗?

回到家里,我悄悄地把竹林子里有一纸包螺丝的事,告诉母亲。母亲拍拍我的头说:"二叔婆有她的想法。她这样做,功德也是一样的。你可千万别去问她,也不要对别人说,知道吗?"哥哥和我都点点头,可是哥哥总是那副大不以为然的样子,也不知道是不高兴二叔婆呢,还是不满意放生这回事。

我想起蛤子张开嘴吐着小肉脚的样子,真想立下心愿,跟母亲一样,不吃蛤子。可是每回看到饭桌上那盘蛤子,葱姜麻酱油香味扑鼻而来,又实在忍不住。我推着母亲的手膀说:"妈妈,你也吃蛤子嘛。"母亲笑笑说:"妈妈不吃。你吃吧,蛤子补血的。"我说:"你为什么不要补血呢?"母亲说:"我吃'三净素',不能吃蛤子。"我又问:"什么叫'三净素'呢?"母亲说:

"不亲眼看见杀的，不为你杀的，还有就是肉边菜。"哥哥眨眨眼睛说："这一大盘蛤子都是为款待二叔婆杀的，她吃得最多，才罪过呢。"母亲正色道："不许这样说话。"哥哥伸伸舌头，又想起来问："妈妈，老刘说你吃'随缘素'，什么叫做'随缘素'呢？"母亲这下高兴起来了。笑嘻嘻地说："'随缘素'呀，是修行人最最有功德的素了。其实也不是什么特别的素。就是当你到朋友家里做客，主人特地要为你杀鸡，你就说：千万别杀，我今天吃素，这不就救下一条命了吗？还有你如果真逢吃素的日子，到别人家里，就不要说出来，免得主人为你做素菜的麻烦，只顾不声不响拣素点的东西吃，这就叫做'随缘素'啦。"哥哥顽皮地说："我也要吃'随缘素'，专门吃妈妈做的肉丸底下的山东白菜，黄鱼旁边的豆腐，才叫好吃呢。"母亲笑得咯咯地响，说："你们这两张刁嘴巴呀，福可别享尽啰。"

想起母亲当年吃素态度的圆通，戒杀心意的虔诚，才真正贯彻了放生的意义呢。今天国民生活水准如此之高，人们于饱饫郁厨之余，为了怕营养过剩的各种病症，才想到以素食调剂，哪里是为了爱惜生灵呢？我年事日长，倒是对荤腥愈来愈厌。又以体力不济，懒去菜场，只在附近小贩处买点蔬菜豆腐水果。既简便又卫生。原是肉食的外子，也因轻微的痛风症不得不节食，但常常讥我不食人间烟火，他忍不住要对屠门而大嚼，我也真为他感到无可奈何。最近一位朋友的女儿自美国来信说："好想念潘阿姨香喷喷的熏鸡和啤酒焖鸭啊。"任是她如何地夸赞，也引不起我数年前那份烹调的兴趣。只觉得菜场里宰鸡鸭的悲鸣声，惨不忍闻。而血淋淋的动物肢体，一具具躺在砧板上，一刀刀被人宰割分尸，看了真令人作呕。但是我始终不曾为了积福积德而放过生。连眼看濒临死亡边缘的一只老龟都无法拯救,而至怅憾无穷。看来也只有吃吃"三净素"或"随缘素",既不违摄生之道,也是纪念慈母的一点心意吧!

莫伤稚子心

对于天真的童子,
千万千万不要疏忽他们,
以免在他们稚嫩的心灵上,
投下不可磨灭的阴影。

好多年前，我在公车上看到这么一幕情景，深深印在心头，永远拂拭不去：一个母亲，一手抱着孩子，一手提着蔬菜杂物，趿着拖鞋挤上车来。跑在前面的是她大约三四岁的男孩，手里捏着一个豆沙包，边啃边爬上座位，立刻把身子转向车窗外，十分地快乐，再也不管自己的小脏脚丫不住地碰到旁边年轻女郎的漂亮衣服。女郎不好意思发作，却不时皱眉头用手保护自己的裙裾。孩子的母亲生气地打了一下孩子的腿，叫他转过身来好好坐下，他无可奈何地坐下了，就专心致志地吃起豆沙包来。他一口一口地转着圈咬，把四周的面粉皮都咬光了，只剩下正中央一团豆沙心子，真是好精彩的一团，贴在大拇指上，然后伸出小舌头慢慢儿舔呀、舔呀，舔得好有滋味，把豆沙舔得尖尖的像座宝塔。我一直呆呆地望着他，自己嘴里也甜甜的，仿佛也舔到了那可爱的豆沙。却冷不防司机先生一个急刹车，那最后的一小团豆沙，一下子就飞到旁边女郎的漂亮衣服上。不用说，她有多生气，孩子有多心疼！孩子的母亲又急又抱歉，手足无措中，就狠狠给了孩子一记耳光，孩子大哭起来。这时，车子到了一个站上，母亲也不管是否已到达目的地，拎起闯了大祸的孩子，就急急下车而去。全车的人，又不由得转眼向遭殃的女郎望去，她一脸的不悦和尴尬，使我赶紧收回视线。我心里想，怎么能怪她生气呢？如果是我自己，一件心爱的新衣忽然飞上一团油腻的豆沙，会是什么表情。但又怎么能怪那位母亲呢？她当然生气孩子给她丢尽面子。可是再想想那可怜的孩子，他该有多伤心？最后一小团豆沙，正打算好好享受，却无情地飞跑了。妈妈为什么还要打他耳光呢？三四岁的幼儿，怎么知道人世就是这般不讲道理。大人为什么这样不体谅他呢？那孩子胖胖的脸，啃豆沙时全神贯注的快乐神情，被母亲掴了耳光以后的吃惊、失望与愤怒的啼哭声，这些年来，一直都在我心中萦绕。我也依稀记得自己幼年时，多少次哭得力竭声嘶时内心的委屈。我更想起孩子幼小时，自己为了工作忙碌，女工难请，只得硬把他送到设备简陋、照顾不周的托儿所，每回丢下他时他那一声声的："妈妈，我要回家。"……想着想着，我禁不住泪如泉涌。孩子怎么知道大人们为了谋生，不能时常陪伴他，而使他受那么多委屈。如今他长大了，且已离我远去，真恨不能时光倒流，让我再好好从头做起，紧紧地拥抱他，疼爱他，把全部心力时间都给他，可是什么都已太晚了。

  大人们的忙碌，真是个无情的借口，由忙碌造成的急躁或忽略，不知不觉地伤害了孩子幼小的心，留下的阴影，很可能影响他长大后的性格。以车上吃豆沙包孩子的遭遇，原是件微不足道的事，可是我相信他长大以后，一定忘不掉母亲的那一记狠狠的耳光。我也相信那位母亲打了他以后内心的歉疚，可是她忍不住打了。大人们往往是如此不经意地使孩子伤心，事后都无法补救。

　　我又想到在这工商业社会中，竞争剧烈，谋生不易，孩子们更享受不到农业时代海阔天空、自由自在的游戏欢乐。清寒家庭的孩子，为了帮父母挣钱，由于大人们的不假词色，心灵也会受到挫折。记得那时西门町电影院前排长龙买票，观众们手里捏着大把钞票，对缠着他们央求买一包糖果或奖券的三尺童子，有几个能俯下身去和颜悦色地向他们买呢？如果排到窗口已客满时，没好气的观众恐怕只有大声地呼叱他们："走开走开，烦死人了！"因为那个时候，看电影比中奖重要得多，那个可怜不相干的孩子，更不在他们心上了。这是多少年前的情形，现在是否还有这些卖糖果奖券的孩子？不得而知，因我旅居国外回来还没去看过电影呢！但愿随着国民生活水准的日益提高，父母亲虽可尽量鼓励孩子们独立谋生的观念，却不要驱使幼小的孩子在现实而且忙碌的人群中，去饱受世态炎凉的滋味，那会戕贼他们稚嫩的心灵而种下不良后果的。我至今想起那一张张惶惑失望的小脸，心中殊感不忍。我知道，并不是大人们不够仁慈，也不是他们自私，只是由于匆忙中所表现的不关心，不经意地伤害了他们的心。

　　记得早年读过的一段真实故事，一位慈爱的单身父亲，为了不愿唯一的孩子受委屈，一直身兼母职，抚育孩子而不再娶。他照顾儿子无微不至。只是有一个星期天为了业务上的紧急处理，没有实践带儿子去郊游的诺言。连儿子高高兴兴捧给他看的图书都无心欣赏与赞美，只给他一点零钱让他自己去玩。就在那不幸的刹那时刻里，孩子撞到卡车不治而死。这位遗恨终生的父亲，觉得对儿子的罪过百身莫赎，竟而出家为僧。

中国一句警惕人的成语是"一失足成千古恨",我觉得往往是一疏忽也成千古恨。对于天真的童子,千万千万不要疏忽他们,以免在他们稚嫩的心灵上,投下不可磨灭的阴影。

由于自身童年时代所受委屈的记忆,和后来对孩子的疏忽,我禁不住向亲爱的读者们,絮絮叨叨地叙述一桩桩陈旧的故事,也许是一份祈求弥补或赎罪的心情吧!

猫　缘

何况我走在街上，
见到任何猫狗都和它们打打招呼，
只要它们对我悄悄表示亲善，
我也就很满意了。
因为所谓的"缘"，
原是应当广结的啊！

旅居美国时，曾多次对自己说，回到台湾，第一件事，就是再养一只猫，因为我去国时，寸步不离我的凯蒂（我的玉女灵猫），竟然绝食而死。在纽约三年中，虽然不时有邻居的猫，或是街边无主野猫，偶然来和我做伴，但究竟都是短短一段时日，它们不告而去后，反使我倍增惆怅。因此我渴望回国，回国后至少可以拥抱一只自己抚养的猫。

　　可是回国已经一年多了，我仍然没有能拥抱一只自己抚养的猫，甚至连街边野猫，或邻居墙头的猫，都对我不屑一顾。平日，除了上课或不得不外出时，一个人在家，固然可以读书写作自遣，但心头总有一份失落感。因为在我身边，缺少一个与你息息相关的生命的陪伴。有时听到后院几声"咪咪咪"的猫叫，待我开门奔出去一看，一只美丽的三色花猫已惊得倏然而逝。我也会摆一碟牛奶或一小撮鱼饭引诱它们，它总在你不注意时，悄悄地来饱餐一顿，连一声谢谢不说就掉头而去。我还在冬天用旧毛巾放在大纸匣中，摆在后院走廊，痴痴地迎候它的来临。希望它能懂得我将会给它一个温暖的家。可是它总是非常警觉，接受我的款待，却不信赖我的友情。我有点失望，觉得搬来新居以后，周围的猫怎么会远不及旧居那边的猫来得友善呢？

了解动物性格的人都说，猫就是猫，一种机灵、自我中心，也比较狡猾的小动物，与人之间不容易建立友谊。我却总有一股痴心，认为至情可以感猫，甚至连猛兽如老虎狮子都可互通灵性。外子笑笑说："那得从小养大才行呀！"他的话是不错的。这使我想起乔依·亚当逊所写的一本书《艾莎的一生》（曾拍成《狮子与我》电影。该书由纯文学出版社印行，名家季光容所译。）我真希望再有一只猫，也像狮子艾莎似的，朝夕不离地陪伴我。

那么我为什么不实践这个心愿呢？每回想起以前所饲养的猫，每一对含情脉脉的眼睛，爱娇的神情，都在我眼前，想起它们，我都怅恨万千。如果再养一只猫，至少我会快活些，不至魂牵梦绕于失去的猫了。

可是我没有再养，是去年一段猫的故事，使我改变了心境。刚回国时，在巷口看见一只终日流浪的黑白猫，怀着大肚子蹲在公寓大门口，我进门时，一声呼唤，它就随我上楼进屋，非常温驯善良，但看样子它不久即将临盆，产下一窝小猫，叫我如何处理。在不得已中，只好每天让它进门享受大半天的饱餐酣睡，到晚上就请它出去，它也习以为常，早归晚出。有时我办事外出，回家时它已端端正正坐在家门口等我，叫我无论如何也舍不得驱逐它。我曾写了一篇《我家看门猫》给小朋友看。没多久，它忽然不来了。我知道它一定是找个隐蔽的地方生小猫去了。心里既挂记倒也如释重负，因为它没把小猫生在我家中。谁知一个大雨天，母亲节的前夕，它竟浑身湿淋淋地衔着一只小猫，蹒跚地爬上楼梯，把小老鼠似的新生小猫，放在我房门口。然后，第二只，第三只，第四只。害得我手足无措，这可怎么办？它信赖我，要把儿女托付给我，我能把它扔出去吗？外子下令道："绝对不许进门，你如抱进门来，我就一只只煮来吃掉。"（这是他讨厌小动物的口头禅。事实上，我过去所养过的猫，没一只不趴在他怀里睡大觉。）无可奈何中，我在门口用大纸箱栏出方寸之地，遮住阳光，又在墙上贴张字条："上下楼梯的小朋友们请注意：小猫咪刚出生，还没睁开眼睛，请不要碰它们。"于是整个公寓的小朋友们，都纷纷来照顾它们，送牛奶、送鱼饭给母猫吃。我的门口成了小小动物园，不久即引起公寓清洁夫的愤怒，说妨碍公共卫生，要我立刻设法送走。我只好悄悄地把它们运到顶楼人迹罕到之处，每天三次上去为母猫换水盆添鱼饭。四楼的陈太太是小学老师，她也好心地帮我照顾。可是小猫一天天长大，四处乱跑，万一跌下来，一定粉身碎骨。那一段日子，我寝食不安，陈太太为我问学校小朋友们有没有要猫的，全体小朋友都举手，可是所有的母亲都不准孩子养猫。我一筹莫展中，乃托文友芯心在《大华晚报》写了一段"赠猫"的短文，文章一刊出，立刻电话纷纷而至，一算连四只小猫还不够送呢。有的竟问我有没有小狗，好像我是开小动物店的。可是我一做身家调查，我又犹疑起来。因为她们也都住公寓，没有养猫环境，有的只是一时好奇心，并不打算久养。我既亲眼看它们出生长大，实在不忍心只送出去就不管它们以后的安全。感谢天，第三天竟有一位长春幼稚园园长史乃丽女士，亲自开了娃娃车来，告诉我，她最爱小动物，全园小朋友也极爱小动物，她园内有很大的院子，可以收养它们母子全家，并希望我亲自去参观她的幼稚园，这一下我才放心了。她带走母子五只猫,给了它们广阔自由的天地,给了它们充分的照顾。而且我们时常通电话,知道猫的一切情况,我曾两次去参观长春幼稚园,史园长的慈母和她本人都是虔诚的佛教徒,她俩以满怀爱心办了这所幼稚园,爱幼儿而及动物,也以广大的院落收养无家可归的野狗野猫。这一段可贵的猫缘,使我体会到人间到处有温情。同时也使我领悟到,照顾或饲养小动物,不应当只想要它们给自己作伴,而是为尊重它们生存的权利,尽量还给它们以广阔自由的天地。这也就是《狮子与我》中,艾莎的女主人何以放狮子回森林的心情了。

如此一想,我就决心不再养猫,也不再怪后墙头上"高来高去"的野猫对我不假辞色。它们原是有自由意志,独来独往,何能局促于公寓的小小天地中。何况我走在街上,见到任何猫狗都和它们打打招呼,只要它们对我悄悄表示亲善,我也就很满意了。因为所谓的"缘",原是应当广结的啊!

由于猫缘,更广结了人缘。这么一想,我独处时,就不一定非得有一只小生命做伴,心头也不再感到寂寞,而是暖烘烘的了。

原载台湾《仕女杂志》(一九八一年七月号)

爱猫人看猫戏

本剧是由左拉原著改编，
是一出含有几分哲理和嘲讽的喜剧。
但我演的猫戏，
却全部是悲剧收场。

我最爱看戏,从小到大到老,一听说有戏可看,就千方百计地去赶场。在故乡时看庙戏、草台戏。到了杭州看文明戏、绍兴戏,外江派的机关布景戏,也看正宗名角演出的京戏。来台后更不必说,有什么好戏总舍不得错过。尽管不懂,却看得乐不可支。俗语说:"会看的看门道,不会看的看热闹。"我,当然只会看热闹。在"锣鼓喧天,穿红着绿"的热闹中,小时候有说不出的兴奋,长大后好像要在戏中悟出一番道理来。如今年纪渐渐大了,觉得在人生舞台上,无论是戏里串的,戏外看的,都到了意兴阑珊的地步。能安安稳稳地在戏院里坐下来,做个纯粹的看客,倒颇有悠然物外的境界。但有时,仍免不了一丝"万紫千红都过了"的怆然之感。

　　那天看兰陵剧坊的《猫的天堂》,情况又不同了。一来是早听别人带做带比地夸奖,又读了人们神往于兰陵的文章。二来我是猫迷,自觉与猫们有灵犀一点,就抱有浅薄一份的好奇心,去实地体认一番。看看兰陵的演员们,对猫的"一举手,一投足",猫那种自我中心的心态,是否能以肢体语言表达得惟妙惟肖。

我不懂得什么艺术的距离，也不去理会实验剧场的理论，看猫戏，就把他们都当作猫。那一声声的"妙啊"实在是妙啊！那个不说人话的猫主人的唧唧哝哝，可不就是我当年对猫的痴傻吗？那只慵懒娇惯的家猫，那只威风八面骑机车的雄猫，那一群野猫对家猫的侮弄。我仿佛在后阳台，看邻家瓦背上群猫的追逐和吼叫，母猫的卖弄风情。我更想起自己爱猫、养猫，以及几度的失猫之痛，岂不也是戏剧一场。本剧是由左拉原著改编，是一出含有几分哲理和嘲讽的喜剧。但我演的猫戏，却全部是悲剧收场。

话说我五年前养的那只猫，与我已到了息息相关、哀乐与共的程度。方寸公寓就是它的整个天地，我就是它唯一的亲人。它一切的动作都只为取悦于我，一切的感情都只对我发泄。奇怪的是它对交男友毫无兴趣，外面公猫在叫春，它充耳不闻。我正庆幸于这只不动凡心的母猫，前生一定是吃素修行的，哪里想得到是我对它过分的宠爱，剥夺了它一生的自由，使它丧失了猫的天性。最惨的是出国时无法带它走，只好把它托付给粗心大意的儿子。对人能如此吗？我又何尝是真爱它呢？儿子写信告诉我，它每天对着我的床铺凄凄苦苦地叫，它不肯吃不是我特别为它煮的鱼饭，不肯喝不是我特地为它开水龙头所滴下的活水，宁可渴死、饿死。如此的对我忠心耿耿，我应该满意了吧！于是我如今忏悔不尽。这不比《猫的天堂》中的女主人把公猫阉割更残忍吗？幸得我的猫已真正去了天堂。它有生之日，偎依着我，过着丰衣足食的平静日子，它是否心满意足呢？杨牧文中说的，"若是生命所追求的正是这份宁静，也未尝不是高层次的猫的喜剧。"那么我今天想起它那副娇憨，究应为它悲，还是为它喜呢？

本来看戏还当纯看戏，何必动什么悲喜之念。但我只是个庸俗的观众，看了那样传神的猫戏，不免引起了深刻的感触。我还要寄语爱猫人，想想看怎样才是对动物的爱呢？

原载台湾《中华副刊》（一九八〇年十月十二日）

狗逢知己

何必名种呢?
养尊处优的名种狗,
反倒自视不凡,
拒人于千里之外。
哪有历尽沧桑的狗,
重视人们对它的情义呢?

我心中一直想有一只可爱的狗，可是由于客观环境不许可，这只狗一直还没有来临。

最近，我开始去附近一座大学校园里做晨操。一进门就看见一只矮矮胖胖的狗，对着每个进出的人傻傻愣愣地望，人们却没一个理它的。我立刻上前和它招呼："狗狗，你早，你好乖哦！"然后伸手摸它的额角、它的下巴。它竟举起前脚和我握手。那一对憨厚的眼神，立刻给我以莫逆于心的感觉。

我走到树荫深处做早操，它不时跑来，在我身边绕一圈，又回到门口，并没有忘记看门的职责。我回家时，再和它握手道别。

对于晨操，我一向无恒心，但为了那只新认识的狗友，我竟然风雨无阻地每天都要去那校园。每天它都以同样温驯的神情欢迎我。日前，天空飘着丝丝细雨，我还是打着伞去了。校园中人很少，狗懒洋洋地坐在门口，见到我，一跃而起，像见到亲人似的那么兴奋。我拣了块比较干燥的地方，温习我的太极拳。它就在我身边坐下来，耐心地看我缓慢的动作。最有趣的是它的头竟随着我的手上下左右地摆动，是那么地专心致志。我陡然觉得自己的架式和姿势都十分美妙起来。因为在此纷纷扰扰、匆匆忙忙的尘世，我能在此幽静校园的一角，对着苍松翠柏，享受片刻清新之外，还能有如此一只"慧眼识英雄"的狗，默默地观赏我，焉得不欣然引为知己呢？

晨操完毕，和它握手告别时，它却依依地一直跟随着我，忽前忽后，忽快忽慢，不时转过头来看我，那神情是打算护送我回家的样子。我不禁心想，如果真跟我到家的话，我就收留它吧。看它脖子上并没有套圈圈，许根本是一只无家可归的狗，由学校工友暂时收留的吧！

一路上，我招呼着它："慢慢跑，小心啊！"看去俨然是我自己的狗。心里有一份说不出的得意："看，我也有一只狗了。"它跟我到门口，我开了门，它一跃而入，在台阶上坐下来等我开第二道门，这一下我犹疑了。我真能收留它吗？能让它浑身湿漉漉地登堂入室吗？一到面临现实问题，我仍不能不考虑。如果收留它，往后就得负起照顾的责任，为它洗澡、买鱼肉煮饭，我这般忙乱，能有这时间吗？我外出时，它不会寂寞吗？如此的左思右想，我终于没有请它进屋子，只找了几片卤肉喂它，摸摸它的头抱歉地说："狗狗，你还是回到校园去吧，那儿比较自由，每天早上，我们都可见面。"它好像听懂我的话，低头走出大门。我倚在门边目送它在微雨中渐渐跑远了，心中感到无限的歉疚与怅惘。与它相逢多次，相守多时，它对我如此友善和信赖，我却不能养它。它怎么知道自私的人类考虑之多。当我关上大门时，它是否感到失望呢？

第二天，我特别热切地去校园，主要是为看它。它仍然在门口送往迎来,见了我,仍然亲热地跑来和我握手,丝毫也没有对我不高兴的神情。我欣慰地想,狗究竟比人单纯得多,它可能只记得我喂它卤肉而不计较我没让它进客厅吧。也许它受到人间的炎凉冷落已太多而习以为常。我对它原没有照顾的责任,但由于头一天它的善意相送,我内心总觉欠了它一份情意,就想无妨每天让它送我回家,给它喝点牛奶,吃几片肉,再放它回来,不也很好吗?我边想边做早操,它仍和往日一样,守在我身边。可是当我回家时,走到校门口,它就停住不再跟了。我再怎么呼唤它,它都驻足不前。好聪明的狗!它居然记得前一天的事,知道我不能长久收留它,就非常有分寸地不再送了,能说卑微的动物没有"心眼儿"吗?

一路回家,我心中怅然若丧。我究竟还是不能有一只心爱的狗,它不是属于我的。外子看我无情无绪的样子,笑着劝我说:"你只要爱狗,每天享受一下和它谈心之乐就行了,何必一定占为己有呢?"与狗无缘的他又加了一句:"何况见人就跟的狗,绝非名种。"我说:"何必名种呢?养尊处优的名种狗,反倒自视不凡,拒人于千里之外。哪有历尽沧桑的狗,重视人们对它的情义呢?"

倒是他说的"每天可以享受与狗谈心之乐"这句话,使我抱歉之心,稍得释然。我转念想,它已幸得避风雨之处,又有海阔天空的校园,供它自由奔跑嬉乐,岂不比关在大门内,局天蹐地忍受主人外出时的寂寞好得多。它既已对我另眼相看,我们能每天见面,"握手言欢"就很好,又何必非要它守在家中,才只是我最最心爱的狗呢?

我至今也不知它叫什么名字,只要喊一声"狗狗",它就飞奔而至。它是如此心安理得地做一只狗，与它坦诚地交往，倒真有"狗逢知己"之感呢。

写了"狗逢知己"的短文，稿子寄出才两天，再去校园时，就没看见它来迎接我。一问工友，说已被清洁处抓走，多半处死了。我好难过，好后悔没有收养它，和它竟只短短一个月的缘分，为什么人世间总是这般无奈。

整整一天，我什么事也做不下去，一直在想着那只可怜的狗。我先生说："世间多少无家可归的苦难者，你都没看见，即使看见了，你救得了吗？"我越加难过了。

有时想想，人实在应当冷酷点，免得自寻烦恼，我不敢再养猫狗，也是如此，但就连偶然遇见的一只狗，也要有这么悲惨的下场，让人伤心。

原载台湾《中央日报》生活版（一九八〇年十二月七日）

小记：此文刊出后，有一位好心的读者来信，建议我到三张犁一个野猫野狗的暂时收容场所去找找看，也许还可以认回我那只"知己的狗"。即使找不回来，也可另外抱回一只猫或狗。但我没有去，因为我没有勇气面对那么多嗷嗷待哺无家可归的猫狗。当它们一只只伸长脖子向我哀哀求乞"收留我吧"的时候，我哪有广厦千万间使得天下猫狗尽欢颜呢？

风 雨 忆

一个国家太平，老百姓安居乐业，
敬畏天神，天公才会赐福。
若是做许多天神不许你做的坏事，
就会惹恼了天神，风不调，雨不顺了。

据气象台说，八月是台风最多的月份，要大家提高警觉。每晚收看电视里的气象预报，画面上有清清楚楚的天气图，加上专家的讲解，台风的形成、进度、方向，了如指掌。台风何时光临，总能预测得八九不离十。焉得不感谢科学昌明，可以减少许多灾害。但也由于不测的风云，可以预知一二，而使人们对高高在上的天，失去了那份神秘感、权威感。

旧日的农业社会，人人靠天吃饭。对天的信赖和敬畏，在科学知识丰富的现代人看来，是愚夫愚妇的迷信。而乡下人男耕女织，那副笨笨拙拙、勤勤恳恳，不怨天、不尤人的虔敬，总使我念念难忘过去那段古老的好日子。

由于四时耕作的丰富经验，农夫们每日一大早，或太阳下山后，抬头看天色，所作的气象预测，也都八九不离十。比如老长工阿荣伯便是气象权威。我跟随他身边，也学会了"看天色"。很有把握地念着："早上云黄，大水满池塘。晚上云黄，没水煎糖。"我乡近海，农历七八月台风一个接一个地来，对于九月即将收割的稻子非常不利。我乡称台风为"做风水"，称七八月为

"风水忌",大人们最担忧的是"风水忌",我却最盼望"风水忌",常常伸长脖子问:"阿荣伯,'风水忌'到了,怎么还不'做风水'呀?我们什么时候逃难呢?"因为我牢牢记得幼年时躲在黑黝黝的乌篷船里逃难,正逢涨大水,船底滑过稻子尖,沙沙的声音实在好玩。阿荣伯火了,就说:"等你生日,做个'大风水',把你泡在水里。"我就吓得不敢作声了。我生日是农历七月下旬,正是"风水忌",风雨交加中,唱鼓儿词的瞎子先生不能来唱一堂热闹的词,为我"祝寿",小朋友们都躲在家里不能来吃寿面,母亲也不让我穿那一百零一件的水绿华丝褐旗袍了。有一年,二叔为我从城里买来一双漂亮皮鞋,脚背上交叉两条带子,缀着一对大红纽扣,非常新式。第二天正逢我的风雨生日,我吵着一定要穿,我说皮鞋是皮做的,不透水,正是雨天穿的。阿荣伯说雨天穿钉鞋,不穿皮鞋。母亲说皮鞋其实是牛皮纸冒充的,见水就化。我偏偏要穿,穿了在大雨水里蹚来蹚去,不到半个钟头,全都浸透了,连忙脱下放在火上烤,把一双崭新皮鞋烤成两条鱼干似的,弯弯曲曲,连哭都不敢哭。毁掉第一双新皮鞋,就再也休想有第二双了。

常听大人们念:"风调雨顺,国泰民安。"外公一本正经地解释:"一个国家太平,老百姓安居乐业,敬畏天神,天公才会赐福。若是做许多天神不许你做的坏事,就会惹恼了天神,风不调,雨不顺了。所以,这两句话一定是连起来说的。"今天想想,就是自求多福的意思。

庄稼人对无能为力的风雨,只有向神求告。外公给我讲过一个故事。一座土地庙,香火很旺盛。一个妇人进去求道:"我刚刚晒了五十条鲞鱼,求你保佑天天出太阳,让我好晒鲞鱼。"妇人走后，一个农夫来求道："我的秧苗刚插下，请你保佑要下雨，使稻子长得快。"农夫走了，又来个种果园的，求道："我的棠梨长大了，您要保佑不能刮风啊。"最后又来一个船夫，求道："我要载货去县城，保佑多刮风，我好挂起风帆省点力气。"土地公听了真是左右为难，不由得忧形于色。土地婆说："这还不容易，明天让我来对答。"第二天四个人一起来了。土地婆从容念道："白天太阳晒鲞鱼，夜间落雨灌秧田。大风不吹棠梨树，轻风助你挂帆船。"四个人皆大欢喜，一齐供上香喷喷的酒菜表示谢意。土地公边吃边夸土地婆聪明能干，赢来一顿丰富的筵席。照今天的语言来说，就是"太太万岁"，乡下人编出这样有趣的故事，正是为女人鸣不平，也就是提倡女权的先声吧。幼年时记住的许多故事，如今回想起来，使我十分怀念当时淳朴敦厚的民风，连土地公、土地婆都像有无上的权威呢。

我还是特别喜欢"风调雨顺、国泰民安"这句古训，这是我们中国人对天理人事所下的最最简洁的至理名言。一个国家吏治清明，民众恪守公共道德，与政府密切合作，事事未雨绸缪，就可避免许多人为的灾害了。

原载台湾《中央日报》晨钟副刊（一九八一年九月二日）

牙　趣

那是我一位美国老友,
她别出心裁地将她长孙的一颗乳牙,
镶在她用混粘土手制的小白兔嘴里,
摆在壁橱中。

与忘年之交们聚在一起,话题总会转到牙齿上。我用舌尖舔舔动摇的牙根,默数一遍,然后问海音:

"你那一口美丽的贝齿怎么样?都还坚固吧?"

"哪里,早已经是二五八嵌当啰。"她以方城之战的术语做比,最恰当不过。

"你比我好多了,我以前是'门前清',现在是'全求人'啦,这样也好,可免于牙疼之苦。只是吃起东西来,有点食而不知其味的遗憾。"姚葳边说边笑,露出她的"全求人"。

只有刘枋居然是"不求人",一口牙整整齐齐,没有一点儿毛病,真叫大家啧啧称奇,羡慕不已。海音说:"你可得好好保护你的健康牙齿哟。"

她点点头笑着说:

"给你们猜一个谜语,'老太婆打哈欠',打一句成语。"

大家一时猜不出来,她立刻说:"一望无牙(涯)嘛。"

全体哈哈大笑。笑过以后,想想都要一步步走向"一望无牙",有点儿不是味道。幸得现在牙科医师技术高明,不但不至

"一望无牙",还可以为你装上一口极整齐的贝齿,使你没齿无忧呢。

海音的牙"二五八嵌当"以后,时常提醒年轻的女儿,要多多注意牙齿的保健,偏偏女儿忙得连去大夫那儿洗牙的时间都没有。直到有天感到牙疼了,才由母亲陪着去看拔牙圣手李大夫。李大夫为她仔细检查以后,惋惜地说:"你妈妈给你这么好一口牙,你没好好保养,有几颗已开始腐蚀了。"海音感慨地说:"可不是吗,她的美齿真是我给的。看她笑起来的可爱,真叫我怀念自己当年,请你好好给她洗吧!"

旅居海外的人,牙病是相当大的困扰。因为牙科医师不但诊费惊人,而且约门诊时间也非常困难。往往在痛楚时不能立刻去治疗,到了约定的日子,牙又不痛了。所以许多人都趁着回国探亲之便,把一口牙彻底检查治疗一番,该补的补,该拔的拔。据说,所花手术费以台币数字看来固然惊人,而以美金计算,还是划得来的。有人说即使花机票专程回国治牙,都比在国外治疗便宜呢。

我返国前,有两颗臼齿忽然疼痛难当。邻居建议,以救急方式先抽去神经,回国后再修补。一来省钱,二来可以保住牙齿。美国牙医分科甚细,抽神经的不管修补及拔牙。价钱也较低廉。我就速战速决,立刻约定时间去抽神经。看那位老医师面貌尚和善,体魄颇壮健。X光检查后告诉我抽两根神经三百二十元(二十元是挂号费)。我算了一下合新台币一万多元,好心疼。他笑笑说:"随你便,在路上痛起来不好玩哟。"当时我怎么会忘了暂时服止痛药呢,就糊里糊涂决心抽神经了。没想到第二天就发炎疼痛,再去挂急诊号,取来的无非是消炎止疼药片,回到台湾,第一件大事就是治牙。李大夫说高头大马的美国牙医使力太大，伤了牙床骨，差点穿孔了，根本不必拔的牙，现在却非拔不可了。

身体发肤，受之父母。到了齿危发落的阶段，心头不免有一丝惆怅。因为老牙拔掉，一去不返，不像小孩子换乳牙，可以长新牙。一年年长大，和一年年老去，心情上哪里同日而语呢？

想起七八岁时，门牙摇摇晃晃的，快要掉了，大人在上面拴一根线，一拉就下来。把双脚并得齐齐的，上排的扔在床下，下排的扔在瓦背上，据说牙就会长得整整齐齐的。我的门牙如锯齿，大概是当时没把脚摆齐吧。

看五叔婆常常喊牙痛，止痛药是火辣辣的烧酒，抹了可以麻醉一阵。有时用桂圆肉撒上冰片粉，贴在牙床上，腮帮子肿得鼓鼓的。我为了想吃桂圆，也嚷着牙痛要贴冰片粉，桂圆没吃到，反挨了五叔婆一顿骂。我就在心里回骂："牙齿掉光好了，掉光就没法骂人了。"

捉牙虫的背着木架子到门口来喊："要拔牙吗？要捉牙虫吗？"我一听见就远远逃开，看那一串串的牙齿挂在架子上，直冒鸡皮疙瘩，五叔婆却每回要他捉牙虫。据说他们会耍魔术，真的一条条白白软软的牙虫被钳子夹出来，五叔婆马上就说不痛了，掏出一枚银角子给他，心安理得的样子。不到两天又痛起来了，母亲劝她用盐水漱口也不听，说常常漱口是伤元气的。劝她去城里拔牙更不听，为的是她有两颗金牙套子，牙一拔去，金牙就没法套，就不能显示她的财富了。

乡下人镶金牙是一种装饰，也是一项储蓄。辛辛苦苦积蓄点钱，就喜欢镶金牙。认为金牙套在牙齿上，比金戒指套在手指上安全得多。戒指在工作时舍不得戴，取下来容易忘记。金牙含在嘴里，万无一失。而且咧嘴一笑时，金光闪闪，多么神气。女人们的门牙，镶金之外，中间还嵌上绿色的鸡心形，说是"铺翠"，这个"翠"也不知是什么材料，真不能不佩服当年牙医手艺之高明。铺翠的牙，全金的牙，都可做成套子，随时套上、取下。五叔婆最注意数别人嘴里有几颗金牙，几颗铺翠牙，如果看见别人嘴里金牙多了，她就会歪着嘴巴，做出很痛苦的样子说："我的牙齿总是常常痛，有金牙也不能戴，只好收起来了。"

近日来，我右边的一颗臼牙又隐隐作痛，看来它又将"老成凋谢"。不由得心痛之余，想起许多古老事儿。倒是有一件事，每回想起来都会从心底笑出来。那是我一位美国老友，她别出心裁地将她长孙的一颗乳牙，镶在她用混粘土手制的小白兔嘴里，摆在壁橱中。孙儿已长大，小白兔仍旧每天对着老祖母傻呼呼地笑。她捧出来给我观赏，孙儿的乳牙在它嘴里长得天衣无缝，小白兔成了他们的传家宝。如果她的孙儿有朝一日成了大发明家，或政坛风云人物，这只小白兔一定会被请到国家博物馆供万人瞻仰呢。

这位朋友对我说："我们都已经老了，孙儿也会老。但是这只小白兔永远不会老，你说多有意思。"她的乐天知命，和对儿孙绵延不绝的爱，实在令人感动。

我想，如果她的孙儿能懂得"身体发肤，受之父母"这句中国古训的话，一定也会格外宝爱他祖母手制的小白兔吧！

原载 《台湾时报》 副刊 （一九八一年九月二日）

火烧 "鸡"

童稚无知，
总盼望天天有新鲜事儿发生。
而半个世纪以来，
个人所遭逢的生离死别、艰危困苦不说，
这个世界岂不每天，
乃至每时每刻都在重重灾难与浩劫之中，
多少人都在欲哭无泪地度日？

幼年时，只要一听到有什么地方起火，就会跳着脚嚷嚷："妈妈，我要去看火烧'鸡'，我要去看火烧'鸡'。"母亲总是生气地说："看什么火烧'鸡'？人家遇上大灾难，哭都哭不出眼泪，你还要去看热闹。"原来我说的火烧"鸡"，就是被火烧过的房子，大舌头把"居"说成"鸡"字。

尽管妈妈不让我去看，第二天我还是偷偷跟着邻家小朋友去了。只见一片瓦砾、焦炭，烧得七零八落的破棉絮、破碗盏。大人们边抹眼泪边用木棍掏东西，小孩子傻愣愣地坐着抓泥巴，嘴里"咿咿唔唔"地还在唱歌呢。如果不幸有人烧死，就在那儿点起一对白蜡烛，烧一堆纸钱，纸灰被风吹起来，都一片片飘落到我身上头上来。看了这种景象，我心里又害怕又悲伤，但又偏偏钉在那儿不肯走，非要等长工阿荣伯来抓我，才将我一把提回家。

回到家里，就看见母亲在忙着装满筐满篓的衣服食物，叫阿荣伯送去给遭难的人家。我又嚷着要去，这回母亲倒不阻止了。她说："好，你去看看人家，陪陪他们吧。看人家有多苦，你有多享福。以后再不要嫌衣服旧了不穿，菜不好吃不下饭了。"

起火的人家，大都是住茅篷草屋的贫户，秋冬之间，西北风起，格外容易着火。母亲时常说："水火无情，人可不能无情啊！"母亲的语言神情，在我幼小的心灵中留下了深刻的印象。因而直到现在，一听到惊心动魄的救火车警笛声，立刻就会想起小时候说的"我要去看火烧'鸡'"那句话。童稚无知，总盼望天天有新鲜事儿发生。而半个世纪以来，个人所遭逢的生离死别、艰危困苦不说，这个世界岂不每天，乃至每时每刻都在重重灾难与浩劫之中，多少人都在欲哭无泪地度日？因此我每天清晨起来，都为家人、自己以及我所关爱的亲友们都能平平安安度过一日而感谢上苍。想起当年母亲那样"人溺己溺"的博爱精神，深感自己大半生来，忙忙碌碌的，实在是为己太多，为人太少了。

我家附近也曾有过一次火警。那晚我正在看书，听街上救火车警笛声自远而近，电灯忽然熄了。看窗外乌蒙蒙的天空中，有细细火星飘来，知道火场不会太远，连忙出外探视，见大街上已挤满了救火车。救火人员行动神速而果断，救难时奋不顾身，很可能自己会受重伤。在荧荧火光和夜色中，我看他们每一张脸上严肃得近乎殉道的神情，不由人不肃然起敬。却会同时想起另一些为财为色，铤而走险的"视死如归"者，感慨同样是圆颅方趾的人类，如何灵魂、心性之差距，会有如此之巨呢？

火很快被扑灭了，才知道是一间汽车修理店的易燃物爆炸。我正庆幸店里夜间没有住人，不会有人被烧死，没想到次日一早就听到有两个学徒葬身火窟。那爿汽车修理店原来就是我经常去邮局或买日用品的必经之处。我立刻想起，每次经过时，总看见两个壮健的年轻小伙子，满身污垢，满脸笑容，勤奋而快乐地工作着。在门口，有两条脏得快变成黑色的白狗，或坐或卧，或围绕着它们的主人逗乐，想来一定是这两个年轻人饲养的。爱猫狗的我，经过时，一定停下来和它们说说话，它们善意地对我摇尾巴，后来更熟了，它们就送我到邮局，在门外等我办完事，又送我到马路口。由于这两只狗，它们的两个主人也常和我谈天，我颇以此为乐，觉得人间到处都是友谊。可是谁能想到一夕之间，这两位年轻人忽然就从这世界消失，还有他们忠心耿耿的两只狗。我无法也不好意思向别人打听狗是不是也烧死了，我想狗不肯离开主人，殉主而死是极可能的。

　　从那以后，我每次经过那一片零乱的火场，就偏过头去匆匆而过，不忍心看，也不忍心想。那两位快乐健康、勤奋工作的年轻人，不到二十岁的短短生命，就此匆匆地结束了。想想他们本本分分地工作着，在他们的有生之年，已经对社会人群贡献了他们的心力。寿命无论多么短暂，他们并没有白活。现在他们已悄悄地从这世界撤退了，这世界却好像并不缺少他们似的。那爿汽车修理店反而越烧越兴旺，不到一星期，就开始摆开修理摊，不到一个月，钢架竖起，水泥围墙砌起，门面更扩充了。焦炭瓦砾早已搬运得一干二净，一如那两位被烧死的学徒，消失得无影无踪。想想他们除了父母家人亲友，谁还会再记得他们？我呢？只要不从那爿店门前经过，又何尝会再想起他们？还有那两只向我摇尾相迎，脏得变黑的白狗，也随着主人永远被遗忘了。

　　昨天，我又走过店门前，忍不住向里望去，又是两位年轻的小伙子，一样的满身污垢、一样的满脸笑容，勤奋地工作着。原来，日子照常在一天天地过，世事照常在一天天地进行。可是面对这一切，我却再没有幼年时嚷着"要看火烧'鸡'"的那份好奇心了。

　　　　原载台湾《中华副刊》（一九八一年七月十六日）

一颗诗心

不一定是宗教信徒，
但必须有一颗虔诚的心。
不一定成为诗人，
却必须培养一颗诗心。

卒业大学时，恩师在我的纪念册里写了如下的句子："不一定是宗教信徒，但必须有一颗虔诚的心。不一定成为诗人，却必须培养一颗诗心。"

数十年来从事写作，深深感悟到，老师所说的诗心，也就是虔诚的心。一个人，在为人、为学、为文各方面，若都能一本虔诚，也就是拥有一颗诗心了。这个诗心，并不只狭义地指作诗的灵感，而是包含了对大千世界万事万物的感受和体认。有了深刻的感受和体认，灵感自然如源头活水，涓涓而来了。

佛家有两句最浅显而且尽人皆知的话，就是"大慈大悲，广大灵感"。凡是以慈悲之心，去体验人间种种世态人情，欣赏大自然无限风光的，必然能产生广大灵感。诗人一颗敏锐的心灵，能与草木通情愫，与虫鸟共哀乐，才会写出美妙的诗篇。小说家观照了种种人间相，不论幸福的或痛苦的，都能感同身受，才会写出震撼人心的小说。诗人说："但得此心春常满，只因世上苦人多。"关怀大众的疾苦与不幸，个人的哀乐，与之相比就变得微不足道了。此所以大诗人杜甫于忧患备尝之余，念念不忘的却是老百姓在战乱中的流离颠沛之苦，因而写下了传诵千古的《北征》长诗。

基督教徒也说："灵里的快乐没有轻便的快乐，上面都带有发光的疤痕。快乐是得胜心灵痛苦的成果。""灵"，就是"诗心"，必须以虔诚培养，使之玲珑剔透，如佛家摩尼珠，随物现其光彩。

抗战期间，美国文豪海明威曾到过重庆，《丑陋的美国人》的作者去拜访他，愿以半打威斯忌酒向他交换几项写小说的技巧。海明威传授了五点诀窍之后，在飞机起飞前对他说："朋友，最后一点也是最重要的一点，就是同情心和幽默感。"然后他提醒他把余下的威斯忌在未请朋友喝以前，先打开来尝一下。他回家打开酒一尝，原来是假的。他才知道上了酒店老板的当，心里一时十分冒火，但一想起海明威笑眯眯地对他所说的话，马上领悟了"同情心和幽默感"的意义，不再和酒店老板计较了。这个故事，颇似我国庄周和惠施相交的风范，有着无限宽宏含蓄之美，这是西方人很少有的。可见得一位文豪的胸襟，究竟不同。也使我们懂得了，为人为文的一致——广大的同情心和幽默感。

所谓灵心善感，其实是非常自然的，自然得无需外求。古人有一首诗："我去寻诗定是痴，诗来寻我却难辞。今朝又被诗寻着，满眼溪山独往时。"溪山满眼的好风光中，心胸明净无比，平时所孕育的一切思与感，都会涌上心头，写诗写文章，自然一挥而就。所以说是诗找到我，而不是我去找诗。这首说灵感的诗非常值得人玩味。

年轻人的心灵是敏锐的、开放的，感情是炽热的，对外界事物的感受力非常强烈。但光炽热、强烈是不够的，必须加以沉潜的体认与思考。无论是美的、丑的，善的、恶的，真的、假的，辨别之外，还当以宽大的心，予以包容，悲悯的胸怀，予以接纳。总要使这个世界，一天天提升到完美之境。厨川白村氏说："文学是苦闷的象征。"能把人间各种苦闷，以虔诚的诗心表达出来的，才是上乘的文学作品。

我从事写作近三十年，兢兢然恪守的就是一个"诚"字，古人说，"修辞立其诚"，"不诚无物"。文章固然是千古事，而得失之间，衡量的尺度就是"诚"。今日出版物爆炸，大众传播发达，有心创作，不但发表机会多，成名也不难。但写作究竟是终身事业，成名与成功断断不是一回事。有一次，我非常欣赏美国作家葛浩文的一句话，"不要去管什么写实、浪漫等文学理论，也不要谈什么伤痕、乡土文学。一个作家，只是要凭良心写，所以要说'良心文学'。"良心文学，不就是由虔诚的诗心所产生的吗？

王阳明先生说得好："能悟得此心常见在，便是学。"他所说的学，就包含了学为人、为文。让我们深深地体会古今中外贤哲的名言，虔诚地培养这颗诗心吧！

原载台湾 《北市青年》

我读儿童诗

每当打雷
我就躲在父亲怀里
父亲生气的脸又像打雷
现在，我要躲在哪里呢?

一直记得,早在三十年前,一位好友的五岁孩子爬到窗台上看外面的风雨,嘴里唱起来了:

风风带雨来
树摇摇
一只小麻雀,飞呀、飞呀
飞掉了

我抱着他问:"谁教你的?"他得意地回答:"我自己会的呀。"他母亲是位画家,每回作画时,孩子总在边上,边看边唱,像位小小诗人,唱出许多好诗,艺术的感应,母子连心。这个孩子,现在已是位在科技上极有成就的博士,他永远笑眯眯的,跟五岁时一样,仍旧是一脸的稚气。

可见诗性、诗感,做父母的最好能对孩子自幼予以培养,大人的心会更温柔忍耐,孩子也会更体会双亲的爱,成长期中更能发展智慧。

我喜欢读儿童诗，儿童们自己写的，或者成人们为儿童写的。读儿童诗令我忘忧，令我重回童年，也令我更懂得孩子。

孩子们的想像力是惊人的，例如有一位国小同学写"海"："你是我见过／最大的一杯水／可是我却看不见／那盛你的杯子。"有一位写"打雷"："每当打雷／我就躲在父亲怀里／父亲生气的脸又像打雷／现在，我要躲在哪里呢？"读了这首诗，做父亲的怎么忍心再生气呢？

童子的爱心尤令人感动，有一位小朋友写道："大家去抓鸟／哇，抓到了／是一只小鸟／如果母鸟找不到小鸟／心里一定很着急／想着想着／就把小鸟放了"，孩子教育了我们要爱惜生灵。

成人们写的儿童诗，当然更是美不胜收。许多好诗我都牢记心头，觉得作者的一片童心，实在可贵。比如一首写"烟囱"的诗："爸爸抽烟的时候／鼻孔冒烟／爸爸的鼻子是烟囱／妈妈煮饭的时候／烟囱也冒烟／厨房也会抽烟吗？"写得多么有趣。有一首写着"妈妈的心／像针插／插了许许多多细小的针／但不喊一声痛"，教孩子体谅母亲，一首感人的好诗。

我孩子小时候，有一次在日记里写："爸爸问我头发做什么用的，我说头发是理发用的。爸爸生气了，骂我笨瓜。我也生气了，心里想：爸爸是骂人用的，妈妈是做饭用的，老师是打人用的。"我们真感到惭愧。孩子天真的想法，看了使你多多反省。

我真希望大人们在床边摆几本儿童诗集，像林焕彰编的《童诗百首》《儿童诗选读》，喻丽清编《儿歌百首》等。忙完一天烦劳的工作，临睡时读几首儿童诗，有时比读《圣经》或古圣先哲的至理名言帮助你领悟更多。因为童诗使你带着快乐童心，安然入梦。即使你怀着老年的感伤，也会由童诗的一片至诚，获得安慰。

  我不禁想起了泰戈尔的一首诗:"妈妈,如果您想念您的孩子到夜深不寐/我将从星斗中对您唱:'睡吧!妈妈,睡吧!'/您睡着时,我将在流荡的月光中,偷偷地来到你床上/躺在您的怀抱里。"虽心酸,却是温暖的。

  朋友们,多多地读儿童诗吧!我再说一遍,读童诗令你忘忧,令你回到童年,也令你更懂得孩子。

不卜他生乐此生

他咧嘴笑笑说,
再做个跟今生一样的种田人就算前世修来了。
他说仍旧要到我们家当长工,
侍候好心的老爷太太一辈子。

我生长在农村社会，朴实的民风，是最最重视下辈子的，也唯有对下辈子的企盼，才使他们在这辈子克勤克俭，快快乐乐地做人。如果这辈子日子过得好，就越发地积福积德，盼望下辈子更好。如果这辈子苦命，也是无怨无艾，只怪前世不修今世苦，今世虔敬修来生。这是他们的人生观、宗教观。无论贵贱穷通，他们都活得扎扎实实，理得心安。

我记得幼年的老友阿荣伯床头总摆有一本翻得稀烂的《十殿王》，这是我最早的儿童读物。背完了《论语》《孟子》就去拿来一页页地看。好像是百看不厌。粗糙的黄表纸上印的"十殿阎王"，个个面貌古怪。狰狞的夜叉，带有各种鬼魂进进出出。有上升天堂的，有打下十八层地狱的，有转入轮回的。那张轮回图，转出来形形色色的人物和众生，有朝冠朝服的大官，有凤冠霞披的贵妇，有富翁，有乞丐，有牛马鸡鸭，也有蚊虫苍蝇。阿荣伯伯说，高官厚禄、大富大贵，总得几世修来。投胎做个四肢齐全、不聋不瞎的人，就很有福了。他还说做众生都有个高低等级呢。投胎牛马还比猪鸭强，因为一个是圆毛，一个是扁毛，圆毛的灵性就比扁毛的高，而且遭杀身之祸的机会比较少。我问他下辈子想做什么？他咧嘴笑笑说，再做个跟今生一样的种田人就算前世修来了。他说仍旧要到我们家当长工，侍候好心的老爷太太一辈子。我呢？却想试试看当猫狗，受主人的疼爱，有现成的吃，吃了就睡大觉，又不必苦苦读书习字。阿荣伯说这种懒骨头的想法，阎王爷就会罚我变成蚊虫苍蝇，一下子就"拍手见殿王"了。我听得咯咯儿地笑。但还是有点害怕，一犯错就想起十殿阎王爷来，生怕自己变成蚊虫。

我的姑婆会念许多古里怪气的经，有一种叫做《竹丝灯》的经，是人去世以后，七七四十九天中为死者念的。竹丝灯牵引着灵魂，走向光明的天堂路。每回左邻右舍有丧事，姑婆就去代人家念竹丝灯的经。她念起来声音呜呜咽咽、凄凄切切，又悲伤又悦耳。我常常跟着她去，因为丧事人家和喜事人家一样的得吃得喝，尤其是那些纸扎人儿和家具房屋，煞是好玩。姑婆迈着三寸金莲，一手端着红朱碟，一手捏着笔，在纸扎中边走边念。念完一遍，用朱笔点一下纸扎，她说这样就变成实实在在的家具房屋，去世的人，下辈子就可受用了。

那只"竹丝灯"的词儿是这样的："早晨起来心地清，虔诚只念竹丝灯。一天念一千八百弥陀佛，千金难买竹丝灯。一支蜡烛一卷经，三分灯草安自心。上照三十三天佛国度，下照阴司大路放光明。照照西方日月红纱盖，照照繁花芳草通天门。今生愿修来生世，牵引归魂一盏竹丝灯。"

我如今偶然学着姑婆的悲调念起来，心里也会感到一丝凄凄切切，仿佛自己已到下辈子去了。

究竟人生是否有下辈子，宗教家、哲学家、科学家都无法肯定答复。庄子说人生是："野马也，尘埃也，生物之以息相吹也。""其来也时也，其去也顺也。"似乎生命只是一股气，一阵风，一死就化为乌有了。佛说西方极乐世界，基督昭示天国，都只为给我们一点安慰，一丝希望。西方也有灵魂不灭之说，科学家可以登陆其他星球，可以想像火星人的形象与语言，可是谁人能告诉你鬼是什么样子的呢？这辈子与下辈子之间，是否还隔着一个"鬼的世界"呢？我想除了《聊斋》里的鬼富于人情味以外，幽明异路的观念，究竟是深植人心的。还是孔子说得好："未知生，焉知死。未能事人，焉能事鬼。"鬼的世界不必追究，来生究竟太渺茫。还是好好把握今生今世，做一个端端正正，永怀好心肠的人吧。

因此，我虽虔诚信佛，也相信因果报应，却不去想下辈子要当什么。我只想尽今生有限岁月，好好做个人。因为这辈子，我已受恩太多，我已够幸福。我只有感谢，只有尽力图报，毫无抱怨了。

原载 《台湾时报》 副刊 （一九八〇年十一月十七日）

树的感怀

孩子长大了,
终必远离,
我丝毫也无怨尤。

赵淑敏有一本散文集名《多情树》，尽管她的短评或理论文笔力劲健，不让须眉，骨子里她仍然是一棵软心肠的多情树。这就是温柔敦厚的女性美德。最近又读喻丽清的短篇小说集《纸玫瑰》，尤爱其中一篇《伤心树》。故事是写一个中年男子，妻子因不能忍耐低能儿子而离去。这位受伤的寂寞的父亲开了一爿花圃。尽管他懂得如何培养花木，却无法使他残障的骨肉恢复正常，作者觉得他是一棵"伤心树"，非常感人。挚友海音于最近赠我再版的《冬青树》，展读再三，悲喜参半。与海音论交近三十年，读本书的感想不是三言两语说得尽的，当另文以答知己。但愿"冬青树"的一片照眼清光，能遣我愁怀，予我定力。

朋友们写树的文章，也引起我对树的无穷怀念。多年前，沉樱姐于出国前赠我一棵豆芽菜似的迷你树，经我细心灌溉而茁壮，我出国前，将它转赠海音。她天生的绿手指，种的花木必然欣欣向荣，我就放心了。可是阳台外一株从楼下灰土堆中抢救来的九重葛，虽已花开朵朵，却因太笨而无法搬运，托付给朋友。去年回国时，它已只剩枯枝败叶，回天乏术了。在美客居将三年，室中培养分枝的盆栽不下十余种，有远自印地安那弘农姐处带回的万年青，也有从北卡洛里那沉樱姐处带回的秋海棠。每一盆都枝繁叶茂，生意盎然。最难得的是一株棕柳（我自己给取的名，因它主干挺如棕，翠叶垂条如柳），被我不慎齐腰折断，我惊惶抱憾地将上半截插入根旁泥土中，它又活了，而主干却渐渐萎缩腐烂，化作营养，培植了新枝，使下一代的生命得以延续。它的启示，使我曾写下一篇《树若有情时》。返国前，这十几株盆栽，不得不一一分赠邻居与朋友。那一份难以割舍的心情，不亚于托付心爱的小动物。人，何以总为情所苦？

迁居将一月了，面对从旧宅移来的两盆小花草，总是一副委靡不振的样子。好友绍英特地自花园新城为我捧来的非洲堇，任是如何细心照顾，叶子却一片片转黄。是我关注太多吗？还是我再也不能与草木通情愫了呢？想起喻丽清《伤心树》中男主人翁的一句话："千万别有孩子，千万别爱得太多。"不由使我黯然神伤。草木尚能承受人类的爱，难道以骨肉之亲，反而不能吗？果真如此的话，感慨"树犹如此，人何以堪"，岂不痴傻？有时，竟然人不如树啊！

孩子长大了，终必远离，我丝毫也无怨尤。挂心的是这棵树是否经得起风霜雨雪，但愿异国的阳光雨露，能使它更怀念故土的芬芳而毅然归来，树啊！你究竟飘摇在何方？

树总会茁壮起来的，人总要垂垂老去的。总是想着孩子说的一句傻话："妈妈，你现在不要老，等我长大了，我们一起老。"可能吗？但望说过这傻话的儿子，于千山万水之外，有一天能想起这句话，能记得灯下白头人的双亲，我就是做一辈子的"伤心树"也心甘情愿了。

原载台湾《中华副刊》（一九八〇年九月十一日）

初识夏阳

别看他一副满不在乎、不修边幅的神情，他却始终不脱中国人传统的道德观念。

一九七八年五月,海音伉俪去美国探儿女,也到纽约和老友欢聚,那时我也在纽约,就相约在他们的侄子夏阳家聚首。海音说:"你必须去看看他那间'破'屋子,有意思极了。夏阳这个人也有意思极了。"于是我们打算每人带一两样菜去,免得单身的夏阳手足无措。我提早打电话和他联络,通报姓名之后,他竟很自然地喊我"潘阿姨",我感到有点意外,一个艺术家,而且久居海外,居然还这样讲究礼数,真是难得。说到带菜,他连声说:"不要不要,多麻烦?我会烧,鱼头豆腐、炒牛肚……"他这样体谅人,我也落得省事了。问他去他家怎样走法,他只简单地说,搭地下车到拉法业街,出地道口走几步就到了。我这个孤陋寡闻的人,还不知道那儿就是他们艺术家聚居的苏荷区呢!

他那间楼房大统间,原本是一间作废的工厂,他花了相当高的租金租下来,房东还算讲交情,没把房钱节节上涨。屋顶没有天花板,只见几根吊起重机的横梁纵横其间。在艺术家的眼中,这也许也算雕塑吧。房子正中上方用画架托着一大幅画,画的是纽约街景,背景是一家商店。熙来攘往的人群前,是一个穿长统靴的女郎，显然是画家特写的目标。画面上抹过一层闪亮的光影，透着一份迷蒙。堆满了画具的小几上一张彩色照片，和画一模一样。我还当是从画上拍下来的，原来照片是画的蓝本，这真是一种逼真的临摹呢，我心里想。但为什么不直接写生而要先拍照，再从照片上画下来呢？真不懂。

画前面是一张电动椅，可以按钮升降，便于作画。那原是工厂遗留下的堆高机改造的。屋子里东一堆西一堆的废铜烂铁，都是这位艺术家从垃圾堆里捡回来的宝物，砌成我们看不懂的雕塑。墙上写满了字，有"八段锦"口诀，是经过夏阳自己简化改良的。还有对子、打油绝句等等。我只记得两句："万里长江无声响，抽水马桶稀里哗。"另一角用木板隔了一间小厕所。门上写了"入厕规则"。男士×分钟、女士×分钟，大便×分钟、小便×分钟。可见他的朋友之多，厕所之忙。

那晚的高朋有夏志清、郑清茂、王正中诸先生伉俪。何凡、海音是主宾。加上几位年轻画家，济济一屋，非常热闹。王太太带来好几碗菜，夏阳自己动手烧鱼头豆腐，味甚鲜美。只是一个牛肚仍躺在水槽里，不知如何处理。

饭后，夏阳为大家拍了好多照，夏志清特别要和画中女郎合拍一张，郑清茂悠闲地抱着女儿坐在升降椅上，冷眼看他画中人，他的神情又被我摄入镜头。如果我也能画的话，岂不也可将这一刹那所捕捉的神情和景象，再写入画中，成为一幅"超现实"作品呢？我不由对自己的不知天高地厚笑出声来。接着我又抢拍了夏阳一个镜头，可是因技术太差，他又转动得太厉害，照片冲洗出来，却只有他留八字胡子的下半张脸，供你想像这位像性格影星"却尔斯勃朗逊"的艺术家的全貌究竟如何？

我对着那巨幅油画呆望半天，问夏阳为什么要从照片上去再创造。他对我这个一无所知的外行人也不愿多说，只告诉我摄取镜头和选照片所花的功夫最多，往往要从几百张中才能选出一张，真使人不能想像。

屋子的另一角，摆着一座大概是极为名贵的旧橱，是富翁富婆们请他修补的古董。美国人一面好新奇，一面爱旧货。老祖母的衣橱成了华丽的陈饰。夏阳能依照古董原来的陈旧质地颜色，修补得天衣无缝，取价相当高昂，这是他的绝技，也是他一年仅一二幅画的副业。只此他就可以衣食无忧，悠哉游哉。所谓"三年不开张，开张吃三年"。据说卖画的巨款没吃光前，他是绝不作第二幅画的。他告诉我们说世界的艺术中心，已经由巴黎移到纽约。而纽约的艺术中心，是在苏荷区。怪不得名片《不结婚的女人》，以他那儿为外景呢。

海音叫我尽可能再去他那儿仔细观摩，但因彼此都忙始终未能再去。外子想跟他讨论"八段锦"健身术亦未果。有一天晚上，为了照片的事打电话给他多次未通，直到深夜才打通了。他拿起话筒，就说："我回来啦！"也不问对方是谁。可见有多少朋友进出他的艺术大楼，他根本不管是谁打来的，反正是朋友就是了。

别看他一副满不在乎、不修边幅的神情，他却始终不脱中国人传统的道德观念。那天他陪他的叔婶何凡海音逛百货公司，一直在一旁亦步亦趋，执礼唯敬，整个下午，毫无倦容。我不懂他的画，但我觉得他是一个道道地地的中国人。他诚于中形于外的朴实、木讷和洒脱，加上他的艺术智慧和修养，也就是他成功的因素吧。他有心做中西绘画的桥梁，把中国文化精神灌注入创新的超现实风格中,使中国画家受世界艺坛的重视,赢得光荣,他已是中国画界的功臣之一了。

原载台湾《中华副刊》(一九八〇年四月一日)

小记:听海音说,夏阳已于今春和一位女博士结婚。新娘和他相交相知多年,对他一往情深,却迟迟未论婚嫁。夏阳归国时,他叔婶再三关注地问他决定了没有,他总是笑而不答。他考虑的是女孩子能不能接受他的生活方式,能不能做他的经纪人。现在既已传喜讯,想来艺术家也能面对生活的艺术了。

我 的 笔 名

每回完成一篇稿子,
写上"琦君"二字,
心中总是亦喜亦悲。
喜的是我未曾把宝贵年光虚掷,
悲的是我们师生重会何期?

三十一年前，当我写完第一篇稿子《金盒子》时，沉思良久，就在题目下写上"琦君"二字，作为我的笔名。直到今天，我每写一次这两个字，内心都充满感谢，虔诚地为我的两位老师祝祷。因为"琦君"二字是为纪念老师的。

往事悠悠，容我从头说起吧。

我在上海念大学时，夏瞿禅老师教我们词选和专家词等课程。有一段时期，他因母亲去世，奔丧回故乡，就请了他的好友龙沐勋先生来代课，我们采用的词选教本《唐宋名家词选》也正是他编的。龙老师人极谦冲和蔼，可是一口江西官话实在不容易听懂。他上课时喜欢说笑话，听得懂的同学都哈哈大笑，我们江浙籍的同学常常不知他在说什么。只有一次我倒是听懂了，他说他家有八条小龙，加上他这条老龙一共是九条龙。可见他生活负担之重，仅以教书编书写文章为生是非常艰苦的。一年以后，汪精卫投靠日本搞大东亚共荣圈，在南京当起伪主席来。他和龙老师旧谊至深，就函约龙老师去为他编一本学术性杂志。为了九条龙的生活压力，他踌躇很久，还是去了。到职以后，曾写信给夏老师，说明不得已的苦衷。夏老师乃以"瑞鹤仙"咏胰泡的词，讽刺汪精卫是"玉环飞燕、辛苦回风舞"，必然好景难长，并劝龙师及早束装回来。从那以后，我们就一直没有他的音讯了。

胜利还都，我在苏州高等法院工作。夏老师自杭州函告，龙老师被判为文化汉奸，囚禁在苏州监狱中，嘱我尽可能去看看他。我想起当年的师生之谊，立刻买了点罐头食品，去狱中探望他。他的屋子在汪精卫妻子陈璧君隔壁，当我走过她窗外时，看见她已白发皤然，精神十分委顿。她忽对陪同我的狱官大声说："如认为我们叛国，就及早处决好了，何必以徒刑浪费国家粮食。"想想汪精卫当年在南京中山陵被刺时，以从容就义的神情，对妻子侃侃地吩咐身后事，后来却成了国家民族的罪人，真是"早十年死是完人"。一个人立身处世，要保持贫贱不移、富贵不摇、威武不屈的节操是多么不易。我们都是凡人，又何忍以非常人责望于别人。思至此，不禁黯然。待见到龙老师时，他竟骨瘦如柴，双目深陷，无复当年青衫飘逸神情。他意外地见到我，劫后重逢，师生双手紧握，感触万千。他看看我带去的美国货奶粉说："你真是雪中送炭了。上海一别，没想到会在狱中相见。"我期期艾艾地不知说什么才好，因为我不知道这究竟是他的错，还是现实的残酷，世事的无常呢？沉默了半晌，他低声说："我的八条龙都无恙而且已长大，只是辛苦了内人。因为我患有严重的胃溃疡，狱中饮食不便，医疗也成问题。蝼蚁余生，不知尚能维持多少时日。"我凄然无以作答。归途中，内心萌起一个傻念头，我能不能以龙老师弟子的身份，代他上书，向层峰申请，逾格恩准他保外就医呢？我即将这意念禀告高院院长，他是位慈悲而且爱才的长者，竟一口答应由龙老师本人陈情，我做担保，试向司法行政部申请。我喜出望外，立刻函告夏老师，他的欣喜自不可言喻。乃与龙老师数度通信，提到我这个学生时，为了避嫌疑，都用一个"琦"字为代表。因我的名字是"希珍"，他常以"希世之珍琦"勉我。龙老师知道"琦"字指的是我，回信时在"琦"字之下，再加一个"君"字，表示礼貌。于是"琦君"二字，就不时出现在两位老师的函件往还中。

不数月，司法部批准龙老师保外医治。可见政府的德政，是如何地重视狱中人的生命和健康。我庆幸龙老师得以重见天日，更庆幸一位有才华有理想的学人，仍得以忧患余生，完成他的学术工作以报效国家。出狱那天，我陪龙老师与师母在苏州一个小饭馆吃了一顿简单的晚餐。龙老师勉我不仅要用功学业，更要砥砺志节，言下不胜唏嘘。那一次分别以后，他韬光养晦，回乡静养，我们没有再见面，不久我就辞职回杭州母校执教，也没有和他通信。后来，我匆匆来台湾，和两位老师都音书断绝了。偶然在书箧中检出旧信，细细重读，"琦君"二字，不时在眼前浮现。夏老师的谆谆诲谕，龙老师一脸苍白凄苦的神情，更时时在心。不知海天的那一角，三十年来，两位孤怀落寞的老人如何明哲保身？又是以怎样的心情，从事著述呢？

三十年来，我孜孜兀兀、兢兢业业地读书、写作，此志未敢稍懈。每回完成一篇稿子，写上"琦君"二字，心中总是亦喜亦悲。喜的是我未曾把宝贵年光虚掷，悲的是我们师生重会何期？

我的第一本书

—— 《琴心》

不几天，一张高雅而含有深意的封面寄来。
他告诉我是由《琴心》一篇得的灵感，他自己相当满意。
画的是一台钢琴，一只手提琴。
主色是黑和深褐，间以浅灰和紫红。
看去似图案又似现代画，我全外行不懂，却只觉万分喜爱。

一九四九年夏，渡海来台之初，一时尚未获工作，休闲中细读台湾《中央日报》的"副刊"和"妇女与家庭版"，对各家文章不胜欣羡，但并未动投稿之念。那时故友孙多慈大姊任教师大，由她介绍拜识了苏雪林和谢冰莹二位前辈，她们都极力鼓励我写文章。于是我试投一篇到"中副"，不久竟被刊出。第一次看到自己的笔名，变成铅字，方方正正地出现在副刊正中显著的位置，那种兴奋喜悦，一定是所有头次投稿者可以体会得到的。我马上又试投一篇到"妇女与家庭版"，也很快被刊出，不由得信心大增，就陆陆续续地写下去。一年后，由于孙如陵、武月卿二位主编先生以文会友的召饮，认识了为两刊写稿的同文诸友。一见如故之下，心情也随之豁然开朗，离乡背井的浓愁也因之驱散不少。

在台湾"高检处"工作时，公余最大快乐是温旧课、阅读报刊和写作，但写的都是散文。有一次主编《明天》月刊的杜蘅之先生，建议我何妨试写小说。我一时兴起，写了篇一万多字的小说《姊夫》，却不知该投向何处，就寄给陈纪滢和赵友培二位先生指正，恰值穆中南先生创办《文坛》月刊，陈先生就将该文介绍给《文坛》。那时我正因胃病住院，陈、赵二位先生特地带了《文坛》创刊号来看我，说了许多赞美的话。看到自己第一篇小说，在一份杂志的创刊号，以第一篇地位刊出，当时我确实感到受宠若惊，病也仿佛霍然而愈了。不久海音特地陪刘枋来看我，殷切地约我为《文坛》写小说，我又一连再写了两篇。南部的《中华日报》副刊主编徐蔚忱先生也来函约稿，我一下子觉得自己如此被"重视"起来，既兴奋又惶恐。却时时惕励自己，千万不可为侥幸的小成而沾沾自喜、而粗制滥造。我总是宁可欠稿而不草草交卷，这也是我自始至今不变的原则。

　　调职"司法行政部"以后，得识当时的《新生报》主笔《稚老闲话》的作者张文伯先生，他于公余为友人筹划创办《国风》月刊，揽我当助理编辑，我以学习的心情答应下来，可是因稿费不高，稿源缺乏，只好自己埋头苦写来填空白。那段期间，一连写了四篇小说。有一天，张先生问我是否愿将两年多来的散文小说合在一起，借《国风》月刊的名义，自费出本集子，作为起步。我感到很惶惑，一来我不相信自己的书会有人买，二来这笔费用负担不起，发行更成问题。张先生却说台北监狱印刷工厂成本低廉，纸张就向杂志社匀购几令白报纸，所费不多。外子也极力鼓励我出一本试试看，也给自己留个纪念。于是我就将廿多篇散文和七篇小说合为一集，以其中一篇小说《琴心》为书名，战战兢兢地付排了。第二步想到的是封面问题，谁肯为我设计呢？我和琰如谈起，她那时是《畅流》的编辑，热心地一口答应替我请人。三四天后，名画家梁云坡先生翩然来到我办公室，说已看了琰如写给他的《琴心》大样，非常喜欢，很乐意为我设计，这是又一次使我受宠若惊。不几天，一张高雅而含有深意的封面寄来。他告诉我是由《琴心》一篇得的灵感，他自己相当满意。画的是一台钢琴，一只手提琴。主色是黑和深褐，间以浅灰和紫红。看去似图案又似现代画，我全外行不懂，却只觉万分喜爱。于是这本浅陋的散文小说合集，就此披上一件精美高雅的衣衫，和世人见面了。

外子既大胆鼓励我出书，就不得不利用公余，像小贩似的骑着自行车，载着书，到衡阳街重庆南路各书店挨家寄售，那时出版物不多，书店老板忽然看到一本漂亮封面的新书，也都接受了。不知是哪来的运气，居然销得不错，频频通知添书。偏偏我们因没有自信也没有钱，只一口气印了五千本，就把版拆去没打纸型。两年以后，存书告罄，这本初版书也就成了绝版书。

再度使我受宠若惊的是，居然佳评不断出现，作者大部分都是不认识的（我那时认识的文友实在很有限）。有一位自称"药炉主人"的，在《文坛》写新书评价，对我指正颇多，非常感激，但至今也不知她究竟是谁，穆中南先生始终也没有告诉过我。

集中最后一篇小说《梅花的踪迹》，是为张漱菡主编的《海燕集》而写。我是在看了西片《珍妮的画像》归来后引起的灵感。有一天，遇见诗人方思，他第一句就说："你那篇小说很空灵，有点像《珍妮的画像》。"我好高兴，但自惭偷来的灵感，毕竟逃不过诗人敏锐的慧眼。

不久，我收到远自印度寄来，署名糜文开的一封信，说托友人在台湾买到《琴心》寄给在英伦修博士学位的爱女糜榴丽看，她非常喜爱集中这篇《梅花的踪迹》，遂将它译为英文，寄到印度，刊登在一份报纸的副刊上，糜先生并将英文剪报寄来，这真是又一次的使我受宠若惊，因为这是我的作品，第一次被译成英文，而且出自一位文学准博士的笔下。这对我来说，确实是极大的鼓舞，也使我往后更审慎下笔，以报读者们的厚爱。

特别值得一提的是，我们那时生活极为简朴，寄住在"司法大楼"底层一间湫隘潮湿，由浴室改造的小房间里，我们美其名曰"水晶宫"。《琴心》出版后不久，公家就配给我杭州南路的新建宿舍，一厅、一卧室、一厨房，还有大片空地可以莳花种菜饲养小动物，我们真感到"一步登天"，有如神仙中人。就把卖《琴心》赚来的一点点钱，加盖一间竹屋，作为厨房，将原来的小厨房改作写作室。俯仰其间，似乎文思无限，也心感这第一本书，给我们带来了好运。

我们倒是一直没有想到重印《琴心》。手边的书没有了，只好向以前赠送过的朋友处要回一二本，不久又被借得下落不明。几年前，云坡丹丰贤伉俪，忽然将我签名赠送他们的《琴心》一册寄回，说因知道我已没有书了，愿将此书奉还，但要撕下他自己为我设计的封面，留作纪念。他们贤伉俪真是解人，使我心感万分，外子赶紧为赤膊的《琴心》加上一张厚纸封面。

这本初版即成绝版的第一本书，也就是我的海内孤本——莫说敝帚自珍，若拿它覆瓿，还真舍不得呢！

春 的 喜 悦

初一不煮饭,
也不用刀、剪子、扫把,
因为它们一年辛苦,
也得休息一下了。

我的故乡,是浙江永嘉的瞿溪乡,一个民风纯厚的简朴农村。在我的记忆里,故乡的农历新年,好长好长,一直要过了二月初一二的大庙会,才算尾声。尤其是寒冷的大陆天气,二月初旬还飘着朵朵雪花。雪花加上融融的炉火,红红的灯笼,热闹的庙戏锣鼓,永远给你一份温暖、欢乐的新年气氛。无忧无虑的孩子们,包围在这份欢乐中,穿红着绿,蹦蹦跳跳,吃、喝、玩、乐,真个是没完没了呢。

我家在当时也算"官宦人家"。过年的气派排场似乎也更不同些。母亲又是个敦亲睦邻、乐善好施的"员外夫人"——这是街坊给她的封号。所以一过腊月初旬,左邻右舍就来打听:"太太,你们今年宰几头猪呀?"老长工阿荣伯往往把两个指头一伸,一副神气活现的样子。母亲就连声念:"阿弥陀佛,真正罪过啊!"但念尽管念,猪还是得宰。

猪肉除了祭神、祭祖、款客以外,就做腌肉、酱肉,以及熬出的猪油,一直可以吃到端午节。另一小半就分赠亲族邻里,连叫化头子都有一份。母亲总在祭财神以后,将一大块热腾腾、香喷喷的猪肉给他,外加两条香甜糖年糕。他们也提来一篮篮鲜红的橘子,口中高呼:"大吉大利,买田买地。"以报厚意。又把一张张写着大吉的红纸条,贴在正梁上、大门上,增添一片欢乐祥和气氛。

瓶瓶碗碗,平平安安

"掸尘"是除旧迎新的序幕,总在送灶神的前一两天,是我所盼待的新年节目的开始。厨房、储藏室里,所有的东西,都搬出来放在天井中,掸灰洗涤。太阳晒得人暖烘烘的,我就在一边越帮越忙地穿来穿去。罐子里的花生糖、芝麻饼,瓮里的橘子,可以乘大人不备,尽情享受。母亲一边整理,一边念念有词:"瓶瓶碗碗,平平安安。"(家乡碗安同音)如果油盐酱醋用完了,母亲绝不说"没有了",而说"用好了"或"不有了"。而把"好"与"有"二字,提得特别高声,表示样样都有,年年都好。数数时,"四"要说"两双","十"要说"十全","十一"就是"出头啦"!阿荣伯教我剪金纸红纸元宝,贴在大门上、柱子上、碗橱上,到处红红亮亮,照得每个人都红光满面,喜气洋洋。

做年糕是一桩重头工作,得全家动员。母亲和婶婶早已将米粉磨好,一半糯米,一半粳米。到做糕那天,最是热闹。走廊摆开一丈多长的条桌,我就在桌子下面这头到那头来回开火车,等长工们把蒸熟的米粉捣得糖色均匀,起了弹性,捧到长桌上来揉,我就抢先摘一团来吃,称为"糖糕奶",大概是既暖又软之意。他们先把糕搓成长条,再用雕花模型压出朝笏似的年糕,然后用笔蘸洋红水点上一点。"点红"的轻便工作归我,母亲也最喜欢点红,看她脸上浮起笑容,仿佛那一点红晕在她双颊开出桃花来。阿荣伯会捏元宝,由大而小,一叠九个,九九生财嘛。外公用红绒线穿一百个亮晃晃的崭新铜钱,绕在元宝心上,摆在神龛前、谷仓里,谓之"子孙绵延"。糖糕之外,还有松糕、枣泥糕、红豆糕、豆沙粽,那是供佛祭祖后款待贵客的,我却总是第一个先享受。

年糕的最后两笼,称之为"富贵糕",是专门给叫化子的。母亲总把糖和得同样多,她说不论富贵贫贱,人的口味都应当是一样的。富贵糕有好几箩筐,从正月初一到十五,叫化来了都给,从前门讨过了绕到后门母亲又给。他们嘴里唱着:"太太,高升啊,多子多孙啊,明里去了暗里来啊!"长工说他们拿两次了。母亲笑眯眯地说:"难得嘛,多给点哟。"看她喜溢眉宇的神情,真个是"赐比受更为有福"呢。

有头有尾,年年有余

我乡送灶神在廿四夜(杭州是廿三),灶神吃饱了糖果、年糕,上天传好事,下地降吉祥。母亲会念《灶神经》,我也念,念完一遍,拜三拜,把尘灰满面的灶神像火化了,待来年迎接他回来时再贴上新的。小小典礼过后,就正式进入年景了。

大除夕的下午,大厅红木桌和太师椅,都扎上大红缎盘金绣花桌披、椅披。两对擦得亮晶晶的锡烛台,一字儿排开,正中是檀香炉,香烟从狮子口和镂花圆球中缕缕上升,芬芳的檀香味弥漫大厅中。那年父亲在家,就由父亲主祭,燃上蜡烛。前廊的大红灯笼全点上了。大堂正中更亮起煤气灯。呼呼之声，格外增加一份热闹。到处金光闪闪，我穿上新衣，也金光闪闪。阿荣伯端出热腾腾的菜来，嘴里念着："基业稳固（鸡）、有头有尾（猪头上横一条尾巴）、年年有余（鱼）、年年高（年糕）、如意（豆芽）、子孙满堂（糖莲子）、节节高（甘蔗）、路路通（藕）、大吉（橘子）、升官（柑子）。"摆好以后，父亲领着全家下拜，祭天地、神灵以后，再祭祖先。酒过三巡，就烧纸钱，放百子炮（鞭炮）。百子炮愈长愈兴旺。父亲在鞭炮声中给大家分压岁钱。此时，邻居的孩子们都来了，父亲给他们每人一块银元。我呢，是两大枚银元，在口袋里叮叮当当地响。一直响到年初五，才放在枕头底下，每晚临睡摸一下，数一遍，因为已经愈来愈多，不止两块了。

招财进宝，庙戏迎神

初一不煮饭，也不用刀、剪子、扫把，因为它们一年辛苦，也得休息一下了。初二扫地时，扫把从外朝里扫，金银财宝滚进来。可见不论农村、都市、古时、现代，钱总是最受欢迎的。可是古朴的农业社会，人人都兢兢业业，一年来辛苦耕耘，对于应得的丰收，自是怀着光明的远景。他们克勤克俭，诚实淡泊，从不存奢望，更不存侥幸之心。他们一个个都像耕牛似的，荷着犁头，循规蹈矩地，从这头到那头，翻新泥土，从没有跳越一行。我那时年纪小，并不懂得他们的辛劳。但每当他们从贴身衣袋里掏出一枚小小银角子给我当压岁钱时，摸着角子的暖气，我就打心里对每一位伯伯叔叔，油然起敬仰感谢之忱。

庄稼人靠天吃饭，所以正月的迎神提灯和庙戏是极为隆重的。村长早已在年底挨家收好钱，大户多给点，贫户就免了。庙戏是初七初八两天，迎神有两队马盗，每队七匹，马匹特从城里租来，扮马盗的都是村里少年，画上脸，戴上金盔，手持矛戟，非常威武的样子。一路管弦丝竹、火把灯笼，好不热闹。初七将上殿神迎到下殿拜年，看戏三出后迎回。沿途大户人家及商店都有路祭。初八下殿回拜上殿，那一片静谧的田野，顿时开出火树银花，象征着无限的祥瑞吉兆，也是新年里第二大高潮。

吃春酒满载"伴手"回

然后展开了吃春酒的热闹场面，无论穷家富户，春酒是非邀请人来吃不可的。再怎么俭省，总要把最好的东西款待客人。就如同本省前些年的挨家请吃拜拜，是一种最最豪华，也最最慷慨的友情交流。那一份热情，就有如潮水般涌来。我当时是潘家唯一的独生女，是村庄上家家第一个要争取的"贵宾"。为了报答母亲和他们的和睦相处，以及不时的照顾，他们总要用有篷的竹兜把我抬去，那怕是十几步就走到的近邻，也不肯让我在地上走，非要抬。把我抬去，就表示对母亲最高的崇敬。因为母亲正在吃斋，我是她的全权代表。于是我得吃得喝，不亦乐乎。我穿上金光闪闪的新衣，高高被举在兜儿里，敞开篷，睥睨一切地东张西望，好比状元及第、衣锦还乡，好不威风。还记得紧邻王宅的前门正对我家后门，彼此叫都叫得应的，也要我坐兜儿，故意从我家前门出发，整整绕大宅院围墙一周，再在他家绕大宅院围墙一周，才从正门进入，真是过足了坐兜儿的瘾。直到今天，我每逢坐火车、飞机,在晃晃悠悠中,我都把它当作兜儿,遐想当年乐事。

兜儿一进正厅,主人便高喊:"潘宅大小姐到。"我被牵去坐在正中第二席,陪我的都是同年龄的女孩。在我珠光宝气的"盛妆"之下,同伴们都默默地向我投来羡慕的眼光,反而显得生分了,拘束了。

第一席是长辈老人家们坐的,他们生怕我们"后生儿"(这是家乡对青少年的称呼,其实我们还只是十岁左右的孩子)吃得不够,尽量把大鱼大肉、粽子年糕给我们这桌送来。酒席有三种,视每家经济状况而异。最豪华的是八盘八,四周八个冷盘(包括橘子、山茶糕)中间八道热菜。其次是八盘五,再次是八盘一(后来还从城里学来"十二碟",一共十二个冷盘,那是最讲究的了)。我们的小小肚皮实在塞不下那么多菜,孩子们的母亲就从怀里掏出黑黢黢的毛巾,把整块的鸡鱼鸭肉以及甜点、蛤子包回家,称之谓"散夹儿"或"伴手"(即零零碎碎,随手夹带回家之意)。陪我去的煮饭嫂总借此满载而归。常常是油腻卤汁弄脏了她的新衣,也觉值得。如果那时有塑胶袋的话,她一定会带一大叠去装呢。

我放眼望去,大堂上黑压压地坐满了客人,男客们猜拳喝酒,一个个脸都红得跟关公似的。其中有好多平常相见时,吹胡子瞪眼跟冤家似的,也一样被请来喝酒。有的是债主,有的是债务人,尽管大年夜还点着灯笼去要债,过了子夜,一声炮竹,双方就变成了朋友,什么都不提了。如今想起来,过年的意义实在重大,把一切不愉快的丢在年底,一到年初一,就以最欢乐宽大的心,互祝恭喜发财。如果人生能把心情调整得每天都像过新年似的,人与人之间,还会有什么纷争呢?

汤团暗藏心愿

　　元宵节的提灯吃汤团,又另是一番赏心乐事。大人们吃汤团,无论老少,都暗暗在汤团里搓进他们的心愿。默默祈祷,希望第一个浮上来的正是他们的"上上签"。记得我一位晚嫁的四姑,望眼欲穿地期待她在外求学的未婚夫来信,她悄悄地写了一个"回"字的小纸片揉在汤团里,被我看见了。我好同情她,怕她失望,就偷偷写了好多个"回"字,搓在汤团里,等汤团浮上来时,她捞起第一个剥开来正是一个"回"字,她好高兴。接着母亲又吃到纸片了,我向她一眨眼,她就懂了,向四姑投去欣慰的一笑。可是五叔婆吃到了纸片就大嚷嚷,吐出来看又是个"回"字,我向她眨眼也没用,她反应迟钝。我只好说:"是我搓在里面问爸爸是不是快回家了。"四姑向我投来怀疑的一瞥,我忽然发现母亲的眼神是微带忧郁的,因为父亲又出门迟迟未归。
　　孩子们提灯,彼此比赛灯的大小漂亮,有的特地去城里买来金鱼灯、兔子灯等等,我却只要外公给我糊的直直的鼓子灯。外公糊灯时一边抽旱烟,一边讲灯的故事,唱灯的歌儿。那一份欢乐与温暖,不止是提灯而已。尤其是下大雪的夜晚,外公特别喜欢牵着我的手,穿着大钉鞋,在雪地里提着那盏鼓子灯,慢慢儿绕着田埂路走。我有点怕冷,又怕滑,就抱怨为什么要走这么难走的路,外公说:"越冷越得挺着,越滑越得撑着。人一生下来就得学走路,什么样难走的路都得走,一直走到老。"红灯笼的光晕照着外公的白胡须,也照着皑皑白雪满地。我的小手捏在外公粗糙暖和的大手里，就这么一直走着，走着……

到二月初的大庙会来临时，虽然依旧的天寒地冻，天空依旧飘着片片雪花，可是我家院子里的腊梅盛开，红梅亦已吐芽。春已归来，人间正充满了欢乐和希望。我仍旧点起外公做的鼓子红灯笼，陪着他老人家在雪地里散步。

感 新 年

猛回头看书橱里,
儿子童年时为我用火柴搭的"快乐"二字,
已歪歪倒倒,
火柴头的红色也褪得淡淡的了。
但那究竟是"快乐"二字,
我的眼眶不禁有点湿润起来。

再三天就是元宵了，元宵一过，春节就远去了。工商业社会，人人都早已开始忙碌，年的气氛，比起农业社会，真是淡薄得太多，我今天走过一家小店，看见老板娘搓汤圆，搓得那么快速纯熟，马上想起小时候学搓汤圆的情景，就向她买了一块和好的米粉团回来，家里还有好友送的一小缸酒酿，蛋花酒酿煮小汤圆，可以提前过元宵了。可是一个人冷冷清清地搓着汤圆，怎么也提不起兴致来，倒有点后悔，何必给自己找麻烦呢？什么吃的都不做，一个年不也过了吗？也许是年事日长，愈来愈怕过年了。可是想起母亲当年搓汤圆，总是兴致勃勃的，还悄悄请我的老师写了许多吉祥字眼或心愿在小纸上，搓进汤圆里，让大家吃到了高高兴兴，就如同今天酒席上最后一道幸运果。母亲总是在一年之始，把祝福和新希望带给大家，自己继续默默地忙碌，而我现在却连搓几个汤圆都不耐烦，心中又不免惭愧。

闲闲地，不禁回想起在纽约度过的两个农历新年。第一年大病初愈，勉强在中国邻居家吃不中不西的年夜饭，喝几口辣辣的洋酒，散散漫漫地谈着，没有十香果、八宝饭等香喷喷的年菜，没有孩子们蹦蹦跳跳讨红包放鞭炮的热闹。暖气屋里可以穿单衫，更说不上围炉话旧、煮酒烹茶的情趣。我默然依窗，看窗外朵朵雪花，无声飘落。深夜归家，已是积雪没胫。人行道边的秃枝，都成粉妆玉琢。梦寐了三十年的雪，此刻已片片飘落在我的脸上、颈上，我却只觉阵阵寒冷，对它毫无久别重逢的悲喜。长统靴陷入积雪中，沙沙作响，反有步履艰难之感。

第二年的新年，在异国他乡，霜风吹来，又岂止刺骨而已，这是我一生中度过的最沉痛的新年。

今年，已回到自己的故乡，心，踏实多了。而漫长的客居生涯，恍如一梦。年前那一阵子，阴雨连朝。家中人口简单，外子忙上班，儿子在海上未归。我有点寂寞，提不起除旧迎新的兴致，更没有抢购年货的狂热，只独自坐在灯前，听窗外丝丝细雨未停。

我也回想起童年时代的欢乐新年，外公给我亮晃晃的银元，在肚兜里叮当作响。母亲的桂花枣泥糕，芳香扑鼻。阿荣伯特别为我拣的鲜红大瓯柑，吃得肚子胀鼓鼓的……岁月永不再回头，而似海深恩，总在策励勖勉我努力勿懈。

猛回头看书橱里，儿子童年时为我用火柴搭的"快乐"二字，已歪歪倒倒，火柴头的红色也褪得淡淡的了。但那究竟是"快乐"二字，我的眼眶不禁有点湿润起来。

无论如何，我仍是满怀感谢心，因为我已回到自己的故乡，享受了平安和乐的新年。

原载《台湾时报》副刊（一九八〇年三月五日）

日落的那边

——悼念许绍棣先生

日落之那边，云雾皆消散，全无忧患。
日落之那边，故人乐团圆。
亲爱者久别，欢喜相见。
在天家美地，不再伤别离。

十一月十五日，在许绍棣先生的追思礼拜上，唱诗班带领全体合唱一首圣诗：《日落之那边》。在庄严而悲怆的琴声中，我低低跟着唱："日落之那边，云雾皆消散，全无忧患。日落之那边，故人乐团圆。亲爱者久别，欢喜相见。在天家美地，不再伤别离。"一遍又一遍默念歌词，我止不住热泪涔涔而下。在尘世看来，许先生已到了日落的那边。但在天国里，太阳正升起。在人世，他已虔诚地奉献了全部的爱。如今可和他亲爱的人——孙养癯老先生、多慈女士重相团聚，不再伤别离。我应当为他高兴。他的儿女，虽然痛失慈亲，但想到父亲从今后不必再踽踽独行，再有茕茕孑立之感（他曾有诗自叹："我本孤独人，茕茕常孑立。"），也应于悲泣中稍感欣慰吧。

胡健中先生含泪报告许先生生平二三事，称他一生耿介、明辨事非、善恶分明，是一位真正特立独行的君子。恭听他的简述，许先生的声音笑貌，高尚风范，一定都清晰地萦绕在他每一位挚友心中，对他的思念，也将与日俱增。我呢？除了哀悼与思念，更多一份深沉的怅憾。因为我和外子自去年年底回国以后，曾多次和许先生电话相约，想到他内湖山居拜望他，畅叙一番，但总因俗事纷乘而未果。期约一延再延，总以为他体气强健，养生有道。奉手请益，来日方长。八、九月间又因迁居忙乱，连电话都久未通一个。正想在十月里一个晴朗的星期天，专诚趋访，再也没想到忽然在《中央日报》看到他逝世的噩耗。我的震惊、痛悼、悔恨，岂是言语所能表达的？多少日子里，我耳际一直响着许先生浓重乡音的恳切邀约："你们两人有空快来吧！星期天我在城里礼拜完毕带你们回来，畅谈一下，可以吃了晚饭再走。我现在生活极简单，三明治做得很好，方便得很，你们来吧。"可是一个星期天又一个星期天，我们竟没有去，为什么？为什么会有做不完的琐事，而轻易错过了一位敬爱长者的邀约？终至于与他缘悭一面！这个永恒的期约，是否也要到日落的那边，才能实践呢？

　　说起与许先生这位亦师亦友的长者之交谊，真要回溯到四十多年以前。那时我是杭州弘道女中初三的学生。有一天上国文课时，校长陪一位衣冠楚楚的中年人士，慢慢走进课堂。全班同学都精神一振，气氛顿时肃穆起来。国文老师也清了清喉咙，提高嗓门讲解，我们想一定是教育厅的督学来视察了。我侧过脸去看这位"督学"，他矮矮身材，穿一身深蓝长袍，上罩黑绸马褂。长袍开叉处，隐约露出藏青西装裤，头上梳的是时新的"西发"，白皙四方脸上，架一副玳瑁边眼镜。在我们小女生心目中，这是一副最最有学问、有风度的装束。我们不敢交头接耳细语，只是呆呆地望着，又得做出专心听课的神态。忽听老师喊我名字，命我起来解说课文。记得那天教的是欧阳修的《泷冈阡表》，我心里紧张，只怕解说不清楚，我要求道："老师，我先背书好不好?"老师点点头,我就琅琅地背起来,没想到才背完一段,第二段的开头就怎么也想不起来了。老师说:"你就打开书解说第一段吧。"我还没开始解说呢,督学先生已慢慢移步踱出课堂去了。我偷觑他脸上,似乎微带一丝笑容,心里真是懊丧,明明会背又会解说的,却因紧张过度,好好一个表现机会错过了。当时老师心里,一定也很生气我这个笨学生,没有给他争面子吧。

下课以后,才知道这位"督学",原来就是教育厅厅长许绍棣先生,一听说他去过英国,同学们都说他虽然穿长袍马褂,一定会讲英文。看他文质彬彬的风度,确是一位教育厅厅长的身份呢。当时教育厅创办了一份《浙江青年》月刊,内有一栏"学生园地",老师鼓励我们投稿,我的稿子曾被刊出,领到丰厚的稿费。由于这本刊物,我们觉得教育厅和我们距离很近,不是一种官厅的派头。那位穿长袍马褂的许厅长,也时常在全体同学的印象中徘徊。可是一想起我们将参加第一届毕业会考,教育厅三字,在我们心理上,又有了重大的压力。教育厅长在我们学生心目中,也有着无上的权威。

幸得我们都非常争气,会考成绩,全体同学每人都名列甲等,校长于高兴之下,特准我们免试直升高中。教育厅还给我们颁发一座奖章,以资鼓励。弘道女中的校誉,闻名遐迩。开学典礼那天,许厅长亲监颁奖。这是我们全班同学感到最光荣的一天。每个人都穿上最整洁的白衣黑裙,端端正正坐在礼堂当中最显著的位置,恭听校长喜上眉梢的报告,然后请厅长颁奖。当级长上台去领奖时,我们都注视着许厅长打开锦盒,将亮晶晶的银盾,递到级长手中,立刻掌声雷动。许厅长接着给了我们简短的训词,勉励我们永远品学兼优。他讲的不是杭州话,我们虽没有完全听懂，却都一个个听得心花怒放。那时是夏天，许厅长当然没有穿长袍马褂，他穿的是米色西服，打一个黑领花。我们想这一定是英国式的吧。

高中毕业后，先父有一次大宴宾客，请了许厅长和许多贵宾。我只听见客厅里笑语琅琅，却不敢进去。客人散后，父亲特别提到许厅长，赞美他道："真是位了不起的人才，这样年轻有才干，是个做事不做官的正人君子。"那时许先生大约四十左右吧。

抗战期间，我已卒业大学，避寇浙江南田，供职高院。那时省府驻节碧湖，与南田相距数十里。知道许先生已与名女画家孙多慈女士结为连理。许先生与高院院长郑烈荪先生是知交，曾来南田探望郑先生，我看他这回穿的是中山装，因和他说起中学时代他长袍马褂巡视我们课室，以及我背书背不出来的情景，他也莞尔而笑。我因心仪他夫人，甚盼能一睹风采。胜利回杭州，在春光明媚的西子湖堤上，她穿一身淡绿绸衫，披一件白外衣，在柳絮桃花中，翩翩如仙子般冉冉走来，伸手和我相握。她高雅亲切的神情，在一握手间，即予人以"才相逢便似旧相知"的感觉。

与多慈姐相交日深，他们一家常来舍间小酌盘旋。多慈姐曾即兴挥毫，为我书斋外一枝红梅写生，嘱我题小词以留纪念。我题的是《清平乐》："冰肌玉骨，淡点胭脂雪。斜倚阑干邀素月，对影成三清绝。相逢互诉相思。年年长伴开时。惜取娉婷标格，好春却在高枝。"这幅画曾携来台湾，裱好悬壁间多年，不幸于迁居永和时为大水所损毁。多慈姐答应为我重绘，总因她几度出国，以及后来健康日损而未果。故人已去，墨迹无存，良深痛惜！

　　许先生伉俪卜居罗斯福路和迁居七张后那段日子，我与外子和他们过从甚勤。我们谈往事，论诗词，许先生的古风律绝，均峻拔沉潜，每有吟咏，必手抄示我。拜读他的古风，越发钦佩他的功力才情，和他看似沉默严肃而实则热诚率真的性格。他于杜诗所下功夫尤深。我每因某句见某诗记忆模糊，请教于他，他翻阅索引，了如指掌。可见他做学问的扎实认真。他非常好客，我们每回去必亲为煮咖啡、削水果，边做边详告煮咖啡方法和各种水果的营养价值，由日常生活谈到国家社会的诸般问题。他的关怀家国，伤时忧世，和他的古道热肠，于他的一言一行中充分透露出来。谈兴未已，又带我们到院子里欣赏花木，讲解培养方法，再教我们打一套太极拳。他的健谈，常使在一旁的多慈姐插嘴不进，只有笑眯眯陪着恭听。每回从他们府上告辞出来，都有满载而归的感觉。最难得的是他虽然身为基督教长老，奉献心力于教会工作，却从不向我们传教，从不勉强我们去做礼拜，完全是一派开朗的儒者之风。

　　多慈姐去世以后，我们悼念老友，更时常去探望许先生。他看似孤寂，但因有深湛的学问修养，有坚定的宗教信仰，又有真挚的友情，仍能怡然自得，以吟咏遣怀，并且为公务奔波，丝毫没有老之将至的迹象与慨叹，朋辈都称他为强人。他那年因肠阻塞住院动手术，值中秋佳节，月色入户，他赋诗赞护理美如月，有句云："金波玉彩不在远，晤言一室清辉满。"可见他的洒脱襟怀。他的交往必性情道义学问之友，从他的挚友二三前辈先生的道德文章中，就可以想见他性情之率真，志行之高洁。月前拜读赖景瑚先生《痛悼挚友》一文，越发钦佩许先生的高尚品德，也越发痛悼他的遽尔仙逝。

　　许先生逝世忽忽将二月,日前由他女公子绛烟陪同访内湖山居。他在世时屡次相邀,都蹉跎未去,如今去了,却已物是人非,悲怆曷已!山居环境清幽,室内陈设雅洁,一如他在生之日。案头诗稿笔砚,绛烟都未忍移动。书架上琳琅满目的古今中外书籍,尤以史学、诗词、宗教书籍为多。壁间悬挂的都是多慈姐遗墨,想见许先生于夜阑人静时一个人俯仰其间,必有如和爱妻晤对,互诉心曲。书桌上一部分诗稿,虽然是影印本,在我的感觉上,却似墨迹犹新。如我能在他生前来访,他必亲一一示我,如今只能一个人默默细读,其中《繁忧》一首,是写多慈姐在美病危的忧急心情:"暌违无计得相随,绕室彷徨强自支。默祷但求归有日,白头吟望泪垂髭。"多慈姐终告不起,他的《迎灵》一首写道:"昔日同车来,今日异生死。契阔晚来共,谁知忽异执。折翼在天涯,衔哀何能已。"读完这些断肠诗句,想起当年他们二位笑语琅琅的情景,如在目前,念人生奄忽无常,怎不令人悲从中来?听说许先生每周必送鲜花到亡妻墓上致吊,数年来风雨无阻,从不间断,这样坚贞的爱情,怎不令人感动。他旅美时曾赋游康州东湖诗,有句云:"斯湖广袤胜大湖,惜非我土徒叹吁。故国遥怜风景殊,故园三径已荒芜。陪都大湖话栖息,梦魂终爱西湖庐。"我们都是从杭州西湖来的,不知今日西湖,又是如何景象?这位爱乡土的诗人,居台三十余年,心情之凄苦可知。这一点,于他的自题诗稿二绝中尤可体会得出:"蹉跎无计慰孱颜,胜有诗篇强自删。高卧闲吟浑若梦,编年陈迹泪斑斑。""行吟海畔送流年,卅载悲欢若目前。太息酸肠无好语,留将补壁伴华巅。"这位豁达的强人,也不免为寂寞老境而泪痕斑斑了。他特别为亡妻布置一间画室，挂满了她早期油画素描国画。其中一幅素描题着"民国廿八年十一月写于碧湖保育院"是她最早作品，弥足珍惜。绛烟夫婿告诉我，多慈姐曾为爱子画了一幅《咩咩放鹅图》，由外公瘿翁题《咩咩放鹅歌》一首，裱成一长卷，图后留许多空白请友好题诗词。那时我正在国外。许先生也请他复旦同学邵梦兰女士题词。邵女士因事忙，将此画搁置家中一年余未题。谁知许先生猝尔仙逝，邵女士怅恨无穷，只得匆匆题罢置灵前祝告一番。但不知许先生在天之灵，作何感想耳。绛烟又说多慈姐去美就医时带去部分最满意的画，打算开画展，以病危未果。这批画都寄放友人处，这位友人又因病潦倒，下落不明，可贵墨宝无由追索。许先生一定为此事怅恨不已吧！可是他性格坚忍，对平生拂逆，毫无怨尤。近年来他的兴趣转向填词，在病榻间仍然吟哦不辍。最后在枕边尚留有寄诸友好的遗作《踏莎行》一首。读到"一室羁栖，孤零滋味，伤心触景情先醉。人生安乐总无方，凭阑不觉洒情泪"之句，我亦不自知涕泗之何从了。

在内湖山居盘旋半日，万千枨触，诚非笔墨所能宣。绛烟伉俪送我们到车站，冬阳凄淡，寒风刺面。登车后回首望寂静的内湖山居，渐消失于模糊的视线之外，长者已逝，故人渺远，我们还会再来吗？

我耳边似又响起追思礼拜上那首圣诗："日落之那边，故人乐团圆……在天家美地，不再伤别离……"我虔诚默祷许先生在天国，夫妻重聚，欢乐无边。

悼徐訏先生

那时我们大家正在观赏《猫的天堂》和《荷珠新配》,
热烈的掌声,不绝于耳。
在那样热闹的气氛中,想到一代名家病倒香江的寂寞境况,
真不胜"冠盖满京华,斯人独憔悴"的感慨。

徐讦先生逝世已一个月了。文艺界为他举行的追悼会,我因身体不适未能参加,听朋友说那天的祭奠仪式非常隆重,整个灵堂从里到外的黄白菊花,益增哀伤肃穆气氛。我却没有到他灵前恭恭敬敬地鞠三个躬,没有能瞻仰一下他照片里的遗容,内心的歉疚,真像有缘悭一面的怅憾。

其实我和徐讦先生并不熟悉。只在他来台湾时,见过两次面。一次在张兰熙家中,一次在罗兰家中。两次和徐先生交谈的话,总共也不到十句。我说的无非是对他的景仰以及中学时代迷他小说等语,他只是点头微笑而已。记得当时他计划办一份杂志,向大家要了通讯处,也听说他有来台执教的意向,也许因病而未果。他沉默寡言,神情有点苍老。在稠人广坐中,总给人一种"蓦然回首,那人却在灯火阑珊处"的感觉。

像我们这样年龄的人,不用说中学时代都是徐讦迷。那时凡是史地等课,教科书下面压的一定是《鬼恋》《烟圈》《吉普赛的诱惑》和《荒谬的英伦海峡》等小说。后来《鬼恋》拍成电影,好像由周曼华主演,那个披黑纱的"女鬼",看得中学生们更是疯狂。抗战胜利后,《风萧萧》曲折引人的故事,潇洒机智的男主角,都会使读者把种种想象集中在作者身上。直到在台湾,再见《鬼恋》拍成电影,亲眼看见徐訏一根接一根抽着香烟,冉冉地从银幕走向观众,才算满足了好奇心。当时他好像没有说话,用的是旁白,说的什么已记不清了,总之印象已经很模糊。就因为这一份模糊,在后来见到徐訏先生本人时,他那低沉的语调,和落寞的神情,反而给了我很深刻的印象。我心里在想,《风萧萧》中的男主角,会是年轻时代的他吗?

在台视开始电视小说的创举时,第一部小说就是朱白水先生改编的《风萧萧》。女主角是白嘉莉,那时情况的轰动是可以想见的。我边看电视边回想当年捧着《风萧萧》着迷的情形,觉得时光虽不能倒流,而高明的文学作品,究竟可以使一位名家永远铭刻在读者心板上。而且借着回忆,同样延续了作者与读者的"少年时"。

一个多月前,听余光中说,徐訏患肺癌,病情垂危。说他近年来情绪似乎很低落。我又想起两次见到他落寞寡欢的印象,心里很感触。那时我们大家正在观赏《猫的天堂》和《荷珠新配》,热烈的掌声,不绝于耳。在那样热闹的气氛中,想到一代名家病倒香江的寂寞境况,真不胜"冠盖满京华,斯人独憔悴"的感慨。

徐訏先生一生崇尚民主自由,身居香港,对文学的主张,坚定不移。最难得的是从事文艺创作半个多世纪,除了对"文学"有他坚定不移的主张外,对儿童所受文学作品的影响,极为重视。在他的《童年与同情》一书的自序中,他写到他自幼读小说所受的害处。"希望教育家与社会学家注意一些儿童少年的文艺读物，也希望热心的文艺作家写些专为儿童们读的儿童文学、为少年们读的少年文学。"足见他的爱心与远见。《童年与同情》一书，就是他特地为儿童所选的小说集。这是非常值得崇敬的一点。他如不因为病，可能会来台湾执教。可是癌症总给人绝望的预感，果然不久就传来他逝世的噩耗。收到讣闻的时候，我一直对自己说，我一定要去致吊的。可是我竟然没有去。后来又读了好多篇极感人的悼念他的文章，因而也想把这番歉意写出来。仿佛写出来后，就能获得徐讦先生泉下的谅解了。

一九八〇年十一月三日

悼克环

她爽朗地笑着说,
这虽是戏笔,
也是真正的意思。
说自己最最反对死后大事铺张。

今天从热闹的庆生会散场归来，在寒风冷雨中一个人慢慢地走着，心里一直在想着去世刚八天的克环。因为在十月份的庆生会上，丹扉告诉我们克环的病情不太好，二度进了医院。我们虽挂念却不便去医院探望。大家就在一张卡片上签名，由丹扉代买鲜花一束，向她致候，我们明知道她患的是胃癌绝症，而且还一度谣传她已经去世。但由于克环的生存意志极强（她说她的名字"克环"就是克服一切恶劣环境之意），我们宁愿相信现代医学能出奇迹。在十一月底的庆生会上，丹扉带来克环亲笔写给全体文友的谢卡，和一盒精致的巧克力糖，说她已出院并恢复上班。我们都看了她卡片上诚挚的谢辞和祝辞，每个人还分到两粒巧克力糖。可见她对人的周到细心，总愿带给朋友们以自己逐渐健康的好消息，而不愿别人为她担忧。再没想到仅仅二十天左右，她忽又病势转剧，竟告不起了。我边想边伸手在提袋中摸索，那两粒巧克力糖仍然还在那里。因我当时牙痛没有吃，也一直忘了取出来。那时没有吃，现在又怎么咽得下去呢？

克环会罹胃癌，是我感到非常意外的。因为她处事非常镇静。由她的文章中，看出她是一个理性很强的人。平时生活极有条理，起居有定时，从不暴饮暴食。据她告诉我，八小时办公室时间处理公务以外，回到家中，就是静静地看书写文章，但从不熬夜。周末必然全心全意陪伴先生，很少单独外出应酬。她对文学有独到的见地，有相当深的艺术修养，在华副"笔阵"专栏里，评文论事，言无不尽，豪迈健笔，不让须眉。读她文章，接触她的谈吐与神情，绝不相信她会英年早逝。

　　在今年文艺大会上，我们的座位刚好紧靠一起，因而谈得较多。我对她《锦绣年华》一书的出版，深表钦佩。那时我尚旅居国外，在华副上每隔不多日，就读到她一篇文章，情文并茂，洋洋洒洒，可说是她创作力最旺盛的时期。而"锦"书对成长中的女孩子指点尤多。她的文章，即使于抒情记事中仍透有一股刚劲的丈夫气。她思想乐观积极，措辞肯定。这样的文章，实在看不出不寿的迹象。她的兴趣又广，西画之外，又爱好音乐。那阵子她正在学古筝，所以次日的分组讨论会，她就因上琴课而不能参加。但在大会中，她却是当仁不让，勇于发言，绝不作扭捏儿女态。大会结束时，她又因事提前离去，没有和我们共进晚餐。再也没有想到，那次匆匆一别，就是我和她最后一次见面了。后来她虽曾好几次约我，也约墨人先生一同吃饭，想向他请教命相之道。但因大家都忙而取消，我们也就此和她缘悭一面。古人说一饮一啄皆天定，朋友之间，能聚会多少次，是否也是天定的呢？

　　听到她患胃癌消息以后，内心总为与她多次相约见面而未果感到不安。但又不便贸贸然去看她，一来怕打扰她的安宁，二来我和罗先生素未相识，恐怕他感到不便。有一次华严和我通电话，说克环已出院在家休息，精神颇佳，约我同去探望她。但不几天华严出国了，我总是提不起勇气一个人去看她。生怕说错话影响她心情。于是写了张问候卡片寄去，她马上复我一张卡片，并派人给我送来一瓶牛肉汁、半打鸡精。卡片中说："知你半年来也时常身体不适，我这里别人送的营养品有多的，分点给你滋补一下。"她对朋友的周到细心，于此可见。我问了来人说可以和她通电话，便立刻打个电话过去。听她声音响亮，滔滔地和我说了许多病情，告诉我胃割去三分之二，现在还在注射一种止胃酸的药物，问我胃部手术以后，是否也打针。我只好含糊其词地说了些当时病后现象，以宽慰她的心。她笑笑说："我们真是同病相怜。"还劝我多多注意饮食。不要太劳累，听她这样说，我不由一阵心酸。幸好是在电话中，如是当面的话，她一定会看出我神情有异了。

我总是想法去看她一次，却又犹豫不决。再通电话时，她告诉我已去上半天班，女儿返美以后，她将恢复全天上班，因为工作积压太多，在家也闷得慌。海音和她通电话后，她写信告诉海音，称她是"开心果"，说听她快乐的声音，精神也振作不少，可见她实在是非常盼望见到朋友的。

十一月底庆生会上看到她的谢卡以后，我总有一种想法，认为克环患的可能不是癌症，因为她是那么地坚强有信心，对朋友们面面俱到。一个患绝症的人，怎么可能有如此的精力和心情呢？殊不知她个性好强，绝不愿将痛苦的一面，显露于人，也绝不愿以自己的病，增加朋友们的心理负担。如今想起来，她给我们寄卡片、送巧克力糖，内心未始不是向我们告别呢？

我懵懵然的，还真以为她第二次出院好多了。就写了封信，约了去办公室看她。三四天后，信被退了回来，我倒真吃了一惊。一看原来是把她地址"敦化北路"误写为"敦化南路",立刻又换了信封再寄去,接着又收到她亲笔写的贺年卡。我也立刻回了她一张,祝福她耶诞新年快乐。怎么想得到五天以后,就听到她去世的消息呢?难道她在和癌症苦苦搏斗中,还撑着为朋友们一一写贺年片吗?总之,我觉得自从克环生病以后,朋友们和她就有咫尺天涯之感。她的病时好时坏,大家都觉得不便去探望她,否则也不会早早误传她的死讯了。看叶庆炳先生悼文中,说克环自己都知道误传死讯的,还特地送他近著《书瘾书缘》以解除他的疑虑,克环可算得是位幽默豁达之人。照迷信的说法,误传噩耗,有冲喜之功,克环应当脱离癌症魔掌才对。令人痛惜的是,她毕竟还是去了。

在追思礼拜上,大家谈起克环的第一篇文章就是《遗嘱》,由于这篇文章的刊登,引起她写作的兴趣。这一说,我才陡然想起,那年她送我《克环散文选》,打开来第一篇就是《遗嘱》,说是冒着触霉头,仍然将该文放在篇首,以为纪念。当时我还曾问她怎么会有这种奇怪的念头。她爽朗地笑着说,这虽是戏笔,也是真正的意思。说自己最最反对死后大事铺张。这篇文章写得幽默风趣,没想到"昔日戏言身后意,今朝多到眼前来"。她的先生读她的旧作,该是多么感触伤心啊!

我特地找出这本散文集,看看目录,在《大鼻子》一篇上,我画了一个红圈,记得是为中兴大学散文班同学选的示范文章。她写的是抗战期间在大后方山城中学念书,一个绰号"大鼻子"的工友,写他的憨直、忠厚、对同学们的关爱,十分生动传神。篇末那一份不尽的怀念,尤为感人。克环不但散文写得洗练挥洒,小说也别具风貌。笔调新、取材广、故事结构严谨而自然,于人情世态，洞察尤深。今日年轻一代的新秀，写小说在技法上固然推陈出新，文字也力求出奇制胜。而于字里行间，总觉缺少老一辈作家小说中那一份温柔宽厚、悱恻缠绵的"人间味"。而克环的小说，可说溶阳刚阴柔，新旧气氛于一体。克环近些年来，一直以散文知名，殊不知其小说甚有可观。她的散文选、小说选由大江出版于一九六八年，距今已整整十二年。封面由傅狷夫先生题字，看去比较严肃，当时似乎销售未广，不知克环生前曾否有收回重印的计划。为了使爱好她作品的读者们能认识她多方面的才华，她的小说实在有重印再发行的价值，但未知她的先生有此计划否。

她赠我这两本书，签名是一九七三年三月。那时她已在华副写"笔阵"专栏，我是先读其文，后识其人。看她衣着时新而且讲究，带有一派洋气。可是她的文章却是十足的中国传统。在她散文的自序中，她写道："当我的感情奔放时，我写散文。冷静如镜时，我写小说。愤怒时，我写杂文……"克环原是个有奔放，有愤怒，也能冷静的热情人！这也是她文章之所以能深深打动人心的原因吧！

可是从今以后，她不用再愤怒，也不会再奔放。因为她不必再面对这个忧患人生，引起无限激情。她已怀着平静如镜的心走向天国……

当我瞻仰她的遗容时，她是那么安详平静而年轻。克环，好好安息吧！你的文章，会留给朋友们永久的怀念。朋友们亦将在你最后的遗著《书瘾书缘》中，默听你的心声。

十二月廿八夜

和蔼的微笑

——敬悼霞翟姊

她极诚恳地对我说：
"教育孩子千万不要太严厉，
少责骂多鼓励，
多对他们笑，
他们就不会哭了。"

数月前，收到美国一位执教于奥立冈大学的长者来信，谈到国内散文写作的情形，他说起很多年前，曾读过叶苹女士的散文集《天地悠悠》，深为赞赏而写了一篇评介。问我是否认得这位叶女士，我立刻函复他不但认识，而且是我们非常敬重的教育家，并介绍她另外两本对青年人启发至多的散文集《山上山下》和《一树紫花》。我也告诉他叶女士不幸为病魔所困扰，大家都祝福她能早占勿药，并问他那篇《天地悠悠》的评介文章发表在何年何处，还能找得到剪报否？《天地悠悠》是自传性的至情之文，如今重读，体会到她字里行间那一份郁勃之气，对于壮志未酬的胡将军之早逝岂止中年丧偶之痛而已。信寄发以后，总想找出《山上山下》给这位朋友寄去，却因事忙未寄。心中也时时想起霞翟姊的病情时好时坏，虽挂念而又不敢多去看她，深怕打扰她的宁静。因为她是位非常为别人着想的人，哪怕再疲累衰弱，朋友来时，总是打叠起精神，面露和蔼微笑，和人说话。那次我和海音去看她时，她就是如此，尽管低声细气，语调仍然充满了乐观与亲切。她贤惠孝顺的儿媳站在一旁，她频频转脸望她，露出无限的慈爱和有劳小辈奔波的歉意。

八月初的《妇友》编辑会上,听文漪说霞翟姊病情大有转机,不日即可出院休养,她说大夫都认为这是奇迹。我们听了真是高兴,庆幸吉人天相,仁者得寿,谁知没几天就传来她的噩耗。原来大夫所谓的"奇迹",也只是一刹那的"回光返照"。骨癌终于夺走了如此一位热爱人生,永不知疲惫的奉献者的生命。霞翟姊是位虔诚的基督徒,基督徒在主内竭诚工作,随时蒙主召唤,随时回归天国,对霞翟姊来说,她是丝毫也没有遗憾的,悲痛的是她孝顺的儿女们,伤怀的是敬爱她的亲友、学生们。人生的旅程固然一个个都会走到终站,但仓猝的别离究竟是难堪的,日落的那边,究竟是非常渺茫而遥远的啊!

与霞翟姊第一次见面是在文漪家中,她那时介绍只称她胡太太,一位名将的夫人。我只觉得她笑容可掬,态度亲切诚恳,后来不时读到叶苹的文章,才知道大家都是文友,彼此的思想感情就更容易沟通了。与她第二次见面是在省妇女会的女工介绍组,我们都是去找女工的,她问起我孩子情形,我和她诉说职业妇女兼母亲的困难,抚育孩子的苦经,她极诚恳地对我说:"教育孩子千万不要太严厉,少责骂多鼓励,多对他们笑,他们就不会哭了。"短短几句话,对我启迪甚多。

后来我在华冈文化学院执教,她那时是教务主任兼家政系主任,每周和她见面一次,谈得也较多,她和蔼的神情,让你觉得她总是那么悠闲自在。事实上,她身兼二主任以及教课、编讲义、写文章,其忙碌是可想而知的。尽管"山上山下"地奔波,而我们女文友的庆生会,她总是尽量抽时间来参加,有时不得不迟到几分钟或早退几分钟,而她那一袭肥瘦合度的高雅旗袍总是显得那么飘飘然,一副从容不迫的神情。

她非常爱护朋友的儿女,秀亚的女儿德兰是她干女,而德兰也是我的干女,我已不记得究竟是哪一个认干亲认得早,由于我们"抢"干女,情况上也显得"亲上加亲"。但由于大家工作都太忙,尽管"亲上加亲",也都很少见面。霞翟姊于省师专校长退休以后,有一次很高兴地说,以后可以多和文友们聚聚了。但她退休以后,并不比退休前闲点。又谁能想到,她就在忙碌的退休岁月中,溘然长逝呢?

她爱护青年学子,无微不至,任文化学院副校长时,学生们都称她叶阿姨,我访韩时为报导台湾妇女的成就,曾写了一篇《冬天的太阳》报导霞翟姊受学生的爱戴,刊在姚葳姊主编的《自由妇女》上。因此师生们都喊她"冬天的太阳",她谦逊地说:"真不好意思,其实是同学都太可爱了。"听说她于病榻缠绵中,仍念念不忘学生的学业,嘱博士班学生来到床前,亲自主持口试,她敬业的精神,和对莘莘学子的关爱与期望,多么令人感动。

最后一次的公共场合与她见面,是在朋友嫁女的喜宴上,一张大圆桌,我和她遥遥相对而坐,她依旧是那一脸和蔼的微笑,从容不迫的神情,我问她退休后是否闲一点,她笑笑说:"愈是退休,找你做的事愈多。"我们都觉得能"退而不休"才好,谁能想到怀抱着满腔工作热诚的她,竟然会被夺命的癌症,强迫"退而休"呢。那天看她气色不是顶健康,胃口也不及往日,总认为是过分的奔波疲劳所致。她起立时步履有点困难,说是患轻微风湿,听说那晚回家,她就有点不支而昏晕。由于她的坚强,她总不愿屈服于病魔,更不愿对关怀她的朋友,强调自己的病情。半年多的苦苦挣扎奋斗，终于怀着满腔的爱而离去了。

我不是基督徒，但我相信佛家的天堂，和基督的天国是一体的。中学时代就读于基督教学校，听了许多赞美诗篇，使我非常感触而心酸的一首赞美诗，此时不禁又浮上心来：

昔在今在， 以后永在， 耶稣不离开。
父母兄弟， 亲戚朋友， 有时要离开。
耶稣不离开， 耶稣不离开，
天地万物， 都要改变， 耶稣不改变。

人生如无宗教的启迪与安慰，将何以堪此生离死别的悲痛，想起霞翟姊一脸和蔼的笑容，也只有寄望于天国或天堂的重聚。

九月二日晨

钢琴和我

我到今天还是把她和四方大白脸的曹操联想在一起。
每一想到她，
心里就十二分的不愉快。
可见谆谆善诱，
对于一位当老师的来说，
是多么重要！

有一个尽人皆知的笑话：某人听到大提琴演奏，泪流满面，音乐家大为感动，以为自己遇上了高山流水的知音。一问之下，才知道他是因为大提琴的声音，使他想起了去世多年以弹棉花为业的父亲。这个人虽然不懂音乐，而"弹棉花"似的琴音，还能引起他的思亲之情。而我每回听到钢琴演奏，心中却只有空虚和懊恼。人们说"对牛弹琴"，而我竟连那条牛都不如。我不但为自己没有一粒音乐细胞而沮丧，也为中学时代花费在学钢琴上的时间与金钱而心疼不已。

谁也难以置信，我这个十个手指头都粘在一起的人，居然辛辛苦苦学过五年钢琴。多么宝贵的五年黄金时间啊，而我如今连五线谱上的豆芽菜，一根也叫不出名堂来。唯一认识的是五线谱的第三个空档是 C，在琴键上，也只认得一个 C。因为那是第一天上钢琴课时，那位苍白着面孔的钢琴老师教我的。那个大大的 C 字，和她四方而苍白的冷面孔一样，永远印在我的心头，拂拭不去。

中学生活，原是多么无忧无虑的一段时日，可是我的中学时代，几乎被令人诅咒的钢琴课业，折磨得暗淡无光。到今天，我一想起就心酸，如果父亲还在世的话，我真要问他："爸爸，你为什么要逼我学钢琴？"可是回想当年，我不也怀着成为钢琴家的异想天开心情，接受父亲逼迫的吗？

我考取初中，放榜那天，父亲把我叫到跟前说："你已经考取教会学校，今后虔心学好英文外，还要学会弹钢琴。说一口流利的英语，弹一手好钢琴，才像个淑女。"我原是个乡下姑娘，只听过吹箫和拉胡琴，倒也听过教堂里白姑娘（即修女）弹过风琴，却从没听说过钢琴这样东西。父亲说钢琴的声音是"叮叮咚咚"的，比"呜呜呜"的风琴好听多了。于是我也对会说英语，会弹钢琴的淑女风范不胜向往起来。

缴学费那天，注册组告诉我个别教学十二元，合组教学六元。父亲已经告诉我要个别教学，当我把十二块白花花的银元毫不犹疑地递了进去，取回收据，挤出人群时，心头那一股睥睨一切的得意，不由得见诸神色，仿佛自己已是个不同凡响的钢琴能手了。

盼到第一次上钢琴课，满心想着我的老师一定是一位如花美女，手如柔荑地弹着钢琴，左右顾盼，风华绝代。可是当我跨进小小的琴室，端坐在钢琴前长板凳上的竟是个瘦瘦小小的中年女人。四方脸上一对倒挂眉毛，扁鼻子，大嘴巴，嘴唇非常薄，抿紧时几乎看不到红色。浮在粗皮肤上的粉，也显得灰扑扑的，随时都会飘落下来的样子。这张脸一下子就叫我想起戏台上的曹操，而凑巧的是她刚好姓曹。我马上就在心里喊："真倒霉，遇上了曹操。"从此我在背地里就一直喊她曹操。打第一天起，我就不喜欢她。她呢，当然也不会喜欢我那副土头土脑、畏畏缩缩的样子。最奇怪的是，我缴的学费明明是个别教学，她却安排了另一个同学，跟我一起上课。那个同学姓梁，广东人，小小巧巧，十足的洋派，小拇指上还戴着一个闪闪发光的钻戒，这只钻戒，就像磁石似的，牢牢吸引住了我的视线。因此当曹操，不，曹老师在一张硬纸板上"哗哗哗"画了五道线，写上英文字母教我们认时，我完全心不在焉。那个梁同学却马上记住了，不一会儿就对答如流。曹老师又敲着琴键，告诉我们，哪条线就等于哪个键子，哪个空档相等于哪个键子，我只觉这两样完全不相干的东西，硬要配合在一起，早已头昏脑涨。梁同学却专心致意地听着，津津有味地随老师按着琴键，发出"叮叮咚咚"的声音，使我十分不快。我心里想，你为什么跟我一起学呢？我是缴了十二块银元的，你如果也缴这么多钱，你就该单独学。如果只缴六块，为什么可以和我一同学呢？我满心的狐疑，却因曹老师一直板着脸而不敢问。曹老师教了半天英文字母，叫我们记住，下次要考。然后就教我们把右手放在琴键上，轻轻的，圆圆的，要把手腕放得很柔很松，用拇指食指中指等挨次按着琴键，说是弹的C调音阶。练习基本指法，要来来回回弹得很纯熟。我眼看梁同学戴着钻戒的小手，小麻雀似的在琴键上飞舞，心里早着了慌，而且又气又妒。我猜想她一定是在家里学过的，广东人都好有钱，家里必然有钢琴。那曹老师何苦将她和我这个一窍不通的摆在一起呢？这不是太不公平吗？而且曹老师既然不是"艳如桃李"，又何必如此"冷若冰霜"呢？学钢琴原是非常艺术化的一件事，授课时应当轻松愉快，老师应当和颜悦色才对。她这般的严词厉色，叫我怎么提得起兴趣呢？那天一回家就央求父亲道："爸爸，弹钢琴像炒豆子，噼噼啪啪在锅里蹦，一点儿也不好听。

我想把十二块钱退回来,不要学了。"父亲生气地说:"不能退,你非学不可。"我仍壮着胆子说:"那个老师脸色好难看啊。而且两个人摆在一起学,我明明是个别教学的。"父亲说:"两个人一起学才有竞争,竞争才会进步,过一段日子,自然会分开教的。"父亲一点儿商量的余地都没有。

练琴的时间是由教务处排定的,每天到时间我就带了小说进琴室。一手乱按琴键,伪装练习,眼睛却盯在小说上,对于五线谱名称完全茫然,弹音阶的指法也一概不记得。不想门忽然打开了,曹老师的四方白板脸出现在面前。她厉声地说:"你怎么不练习而偷看小说?"我期期艾艾地说:"已经练过了。""弹给我听。"她喝道。我的手发抖,连那个唯一认得叫做C的琴键也找不到了。她又用铅笔"嘶嘶嘶"地画了五道线叫我说名字,我索性闭紧嘴,合上眼睛,一副视死如归的样子。如果教会学校允许体罚的话,她早已一拳捶过来了。幸而她只用铅笔杆敲我的脑袋。我在心里喊:"我讨厌你,你这个曹操。我不要跟你学钢琴,我也不喜欢钢琴。"她霍地跑到隔壁琴室,把那个梁同学叫来,命她坐下来弹一遍音阶给我听。她竟然弹了一遍又一遍,小拇指上的钻戒闪得我眼花头晕。"什么稀奇,是假水钻。"我心里说,牙齿把嘴唇都咬痛了。曹老师又让她背五线谱名称。我忽然叫起来:"E、G、B、D、F,五根线我都知道。"我也不知怎么记起来的。但随后仍只认得第三格是C。曹老师狠狠地瞪着我问:"你究竟在干什么?没有兴趣为什么要学?不是浪费父母的金钱吗?"我带着哭声说:"是爸爸硬逼我学的。老师,你可以劝我爸爸准我退学吗?"她看了我半天,摇了下头说:"不能,你不能让你爸爸失望,天下没有学不会的事,你要努力学下去。"我知道求她绝对没有用，眼泪一滴滴落下来。梁同学一对大眼睛望着我，她不是我的同班同学，一对完全陌生的眼睛，令我心慌。我哭着离开琴室，想想以后艰难辛苦的日子怎么过？母亲不在身边，父亲不能通融，每周上琴课就像上吊，心跳、口干、耳鸣、眼花。曹老师那张白板脸一直压在我心头，成了我心理上重重的障碍。她骂我既笨又懒，几次三番对我的讥讽，使我丧尽自信心。如果不是我国文、英文等功课都名列前茅的话，我真想退学不念书了。回到家中，总是呆呆地不说一句话。父亲问我钢琴学得怎么样了？我马上说："学了几个月，连起码的都不会。爸爸，让我停学吧。"父亲把脸一沉，我又不敢再作声了。

学校规定每学期结束前，都有一次钢琴演奏会，凡是学琴的同学，无论程度深浅，都要表演一个节目。而我呢，学了半年，只会一支《遥远以前》(*Long Long Ago*)，还是忽快忽慢，断断续续的。曹老师声色俱厉地对我说："每天练十遍，练到演奏会那天，你就上台表演这支曲子吧！"我哀求她："可不可以不上去呢？"她说："不行，这是学校的规定。"

为了这件事，我一直提心吊胆，连第三次月考都没有心思，每回去练琴时，听到左右邻室传出来各种高高低低快快慢慢的琴音（我自然不能辨别好坏），心里又羡又急。可怜的我，就只会弹单调的 *Long Long Ago*。意识到曹老师也许是有意让我当众出丑，我又忍不住跑到级任导师那儿求她，可不可以免除我的表演。她温和地说："你不要害怕，更不要气馁。各人的天分不同，音乐不是你擅长的，弹得再不好也没人笑你。想想看，你在中文演讲会、英文背诵会上，不是说得很流利吗？你又几时笑过那几位忘了词的同学呢？"我仍哭丧着脸说："可是弹得不好，曹老师会骂我，我好怕她啊！"导师笑了下说："她早就知道你弹得不好，用不着再骂你了。"我忽然问她："老师，曹老师为什么这样冷冷的，她为什么特别不喜欢我呢？"她拍拍我的肩说："不要去想这些，她不会特别不喜欢哪个同学的。每个人的性格不同就是了。"我说："我只要弹错一点点，她就用铅笔敲我的脑袋，我眼泪就要流下来，这样学琴怎么学得好？"导师想了下说："下学期，我请音乐科穆主任，给你换老师，可是你一定要勇敢地上去表演，不可以破坏学校的规定。"

音乐会那天，我坐在人群中，把背驼下来，头垂到胸前，等待那上"断头台"的一刻。所有别人的演奏，我都没有听见，只觉耳边嗡嗡的，掌声夹杂着琴声。偶然偷窥坐在讲台边的曹老师，她的脸有如石膏像，没有一丝笑意。当主持人喊到我名字时，我跌跌撞撞地上了讲台，坐在钢琴前的长凳上，心头小鹿几乎要跳出胸口。迷糊中找到那个叫C的琴键，把手指摆上去就急急忙忙地弹完一遍，站起来冲刺而下。耳中又想起一片嗡嗡声。重返级任导师身边时，她伸出一只手扶了我一下，轻轻地说："你弹得没有错，很好。"我没有再敢看曹老师，只等待第二天挨她痛骂了。

第二天上琴课时，她居然没有骂我，只说了一句："你总算表演过了。你也听过别人的演奏，该知道练琴要下多大的苦功。"停了下她又说："穆老师告诉我，给你换一个老师，我以后不再教你了，我知道你很怕我，其实我是为你好。我当年的老师，就是这样把我教出来的。你要知道严师出高徒。"我低着头一声不响地听着，心里想："谢天谢地，我宁可不要你这位严师，在音乐方面，我也永远当不了高徒。"

第二学期起，我换了位沈老师教，她是位妈妈型的慈爱妇人，我一点也不畏惧她。她慢吞吞地弹给我看，叫我放松心情，我固然心情放松了。但由于以前过度紧张，和对钢琴产生的拒绝感，对学琴实在是兴味索然。我总觉得一个人不可能勉强自己做好一件毫无兴趣的事。但是由于父亲的严厉期望，我始终不敢中途要求退学。如今回想起来，我真不知道是怎样度过那五年的辛苦岁月的。记得每学期也都迷迷糊糊地上台去比画一下不知道什么曲子，也听到一些零零落落的礼貌掌声。五年中学过的曲子，除了 *Long Long Ago*，一支也不记得。直到高二下学期将结束时，为了全国性的高中会考，每个同学必须全力以赴，如果过不了这一关，就不能毕业。这事对个人，对家长，对学校，都是一次严重的考验（那情形就有如今天的大专联考）。我这个数理科那么蹩脚的人，尤其担心。趁着这个机会，我大胆地要求穆老师，可否到我家劝服父亲允许我最后一学年放弃钢琴学习，穆老师立刻答应了。感谢天，可见她对我的"才能"有多了解了。有一天，她专诚来到我家，见了我父亲。她是美国人，用流利而带美腔的杭州话对父亲说："你的女儿钢琴天菜（才）不太耗（好），你不必勉强塔（她）。还是灰（会）考重要。"父亲想了想，竟然接受了她的劝说。我总算从那小小如牢房的琴室里被释放出来。从此永不再碰一下钢琴。那最后的一学年，虽然为了准备会考而忧焦，但少了一项学琴的压力，究竟还是高兴的。那时，曹老师仍在学校，我已经是高三的学生，比以前成熟多了，胆子也大点了。见到她，向她微微点下头，连喊一声也不喊。我总在心里想：如果不是父亲逼我学琴，如果不是你那样一味责骂，没有鼓励，我也不至如此厌弃钢琴，在内心形成那样大的挫败感。中学六年，我对每一位教导过我的老师都非常敬爱，可是对于这位曹老师，我到今天还是把她和四方大白脸的曹操联想在一起。每一想到她，心里就十二分的不愉快。可见谆谆善诱，对于一位当老师的来说，是多么重要！求好心切，责备过严，要把每个学生都造成天才，只有收到反效果。钢琴使我望而生畏，固然是我资质鲁钝，但也是曹老师的失败。可是曹老师在我心中，却也和其他我所敬爱的老师，同样留下不可磨灭的印象。我时常对自己说，如果我有一天也当老师的话，我一定不要以学钢琴的那种身受之苦，加诸学生。我必须以耐心启发孩子们的兴趣，培养他们的自信。我要以沈老师、穆老师的和颜悦色为榜样，以曹老师的严辞厉色为警惕。

高中毕业以后不久，听说曹老师结婚了。我在想象，她披上了美丽的白纱，当了新娘，那张白板脸上的冰霜是否会化开，而泛起笑靥和红润呢？再怎么说，她总曾经教过我，我仍当感激她才是。但想起她用铅笔不停敲我头顶，连声骂我又笨又懒的不耐烦神态，以及自己迟钝地弹着那唯一的曲子《遥远以前》*Long Long Ago* 的心慌和痛苦，几十年来，仍感遗憾无穷。幸得无论如何，学钢琴究竟已经是"遥远以前"的事了。

寂寞橱窗

一辆银质三轮车，
已小得只够套一只大拇指，
没想到边上竟有绿豆大的那么一辆铜质黄包车，
楚楚相依……

从国外归来探亲的干女,由她母亲菱子陪同来看我。一进门就被玻璃橱窗里琳琅满目的小玩意吸引住了。一样样地欣赏,我也得意非凡地为她叙述每件小玩意的一段来历。但叙述得未免太详细了,忘了她还有多少亲友家要去。她仍耐心地听着,笑笑说:"干妈,小玩意确实可爱,也真有意义,但你实在摆得太多了,看起来好挤啊。"我说:"挤就挤吧,哪一样也舍不得冷落在抽屉里呀。"

第二天,她母亲又为我买来一对小瓷娃娃。干女看我们那种兴奋得如获至宝的样子,又打趣地说:"你们这两位老太太,没事就玩你们的寂寞橱窗吧。"

"寂寞橱窗",多诗意的名称,可是她母亲立刻说:"我们一点儿也不寂寞,我们过得既忙碌又丰富。所以这个橱窗也一点儿不寂寞。而且经常往里添东西,热闹着呢。"菱子的标准京片子和爽朗的笑声,越发增加一份温馨之感。

她母女走后,我把一对小瓷娃娃放入橱中,和其他小人儿排成一队。不免又一样样抚弄赏玩起来。将它们摆东摆西换换位置。让拖着独轮车的小山羊,走近泳装小女身边,仰着头不胜神往的样子,竟忘了车子里伸着脖子向外张望的小白兔。小猫在妈妈身边呆得太久了,跑到一群小鸡边上,定定地注视着,十分的友善。原是孤零零的一只小鸭,最近为她找到一对父母,小小的身子,在双亲之间显得好温暖安全。水晶企鹅尽管一派绅士风度,我却把一只黄豆大的小竹篮挂在它长嘴上,害得它啼笑皆非。穿着各种颜色毛衣的小洋娃,一字儿排排坐,看着小拇指那么大的"小兄弟们",为"她们"打鼓、吹洋号。小蚌壳上画的彩色脸谱、象牙肥皂刻的一对小靴,是小读者赠我的手工艺品。三只由大而小的紫红金龟子,是高龄美国友人亲手做了寄来的。迷你紫铜大耳象,是妹妹从南非带回给我的。一群猫儿,居然并排站着,玩起各种乐器来了。这是相交二十年的老友姚葳特为我这个猫迷选购的,在我们结婚三十周年纪念日,送来给我们演奏庆祝歌曲的。还有一组组的小茶壶、茶杯,不同的质地,不同的来源,有的玲珑,有的古朴,都聚合在一起凑热闹。一辆银质三轮车,已小得只够套一只大拇指,没想到边上竟有绿豆大的那么一辆铜质黄包车,楚楚相依……所有的东西,密密麻麻,挤在一堆,一点儿也不是物以类聚,方以群分。这里面没有一样名贵的古董,可是朋友们赠予的那份深厚的情爱,我自己搜购时的那份闲情逸趣,是比古董更可贵更值得品味的,特别要提而且提了无数次的那对用火柴棒搭的"快乐"二字,是儿子幼年时给我的母亲节礼物。望着他,默祝他在远方平安快乐。然后是那只比我年级大好几倍的外婆首饰箱上的古铜锁,离乱转徙中,未曾一日离开身边。多少的爱,多少的追思与怀念,都系在这件小小护身符上。

这样一座小小博物馆，小小动物园，怎么会是"寂寞橱窗"呢？

再说干女的母亲菱子，她是位有主题的搜藏家，搜藏世界各国的象，她自己旅游时购买的，朋友们专诚买了赠予的，连我都把一只独一无二的丑象转赠给她，以便归队。她的橱窗，可真是气魄壮大。每只象都有辉煌的来历，名贵的出身。形态各各不同，大小相差悬殊。大到玻璃橱窗无法容身，必须站在地上。小到须由放大镜才分辨得出它们的四肢五官。有的是朋友们一针针刺绣的、雕刻的、用绵纸卷的……总之，站在那儿，会使你目迷五色，应接不暇。每回去她家，饮酒品茶聊天之外，就是欣赏象群，一遍又一遍的新发现，因而百看不厌。还有另一边是一个专展览各色各样小鞋子的小小玻璃橱窗，里面陈列了轻巧小鞋，从草鞋、绣花鞋、木屐到水钻高跟鞋。对着它们，会使你想起绿野仙踪、灰姑娘，使你回到快乐童年。

每回欣赏过她的橱窗，我心中不免有一份"小巫见大巫"的失落感，可是一回到自己家中，看到橱窗里的小狗小猫、小小人儿都在张臂欢迎我，我就会满足地唱起迪斯耐乐团的那支歌儿来："这是个小小世界，这是个有笑也有泪的世界，这是个有希望也有忧愁的世界……"

干女探亲期日有限，不久即将回到地球的那一边去。她虽称我们的橱窗为"寂寞橱窗"，但她还是相信拥有这些橱窗的中老年人（我必须加一个"中"字，因为我不承认自己已老，只是不好意思说自己是中年而已），心境绝对不寂寞。因为她一定见过有些在国外依儿女而居的老年人，或是养老院中颤巍巍的孤独老人。她们想有一个"寂寞橱窗"，供自己抚抚弄弄而不可得。在美国的人都忙，谁有工夫搜购小玩意？谁有心情将小玩意赠送朋友？今日我们的生活也忙，但究竟还保留住中国人那一份忙里偷闲的情趣，干女的夫婿是位书法家、文章家。他们夫妇虽久居美国，而中国传统的闲情逸趣，仍可从他们雅洁布置的家中看得出来。干女的儿子很快就长大了，不知她是否也会摆出一方"寂寞橱窗"，供自己空闲时赏玩一番呢？

一篇旧稿的感触

孩子们没有出租的小人书可看，
家中没有"刀光剑影""杀之以灭口"的电视剧可看。
西门町也还没有弹子房，
没有黑咖啡室，没有电动玩具。
社会的引诱小，欲望低，
家庭再缺少温暖，也没处可跑。

整理抽屉，无意中找出一张发黄的剪报，题目是《双亲》，那是很多年前，在姚葳姊为《新生报》主编的"自由妇女版"而写的短小说。内容描写一个姐姐带着幼小的弟妹在晚上等待父母亲回家。她疲倦万分地做着功课，忽然听妹妹尖叫起来："不得了啦，弟弟马上要死啦，弟弟把一粒揿扣吞下去啦。"原来他们做游戏变戏法，弟弟当真把揿扣吞下肚子去了。大姐急得团团转，想打电话给父母亲，又不知道他们都在哪里，总算爸爸回家了，却喝得烂醉如泥，歪歪斜斜，满嘴的胡言乱语。女儿告诉他弟弟的紧急情况时，他早已鼾声大作了。好容易等到母亲回来，一个骨瘦如柴的女人，打了整整十个小时的牌，依旧精神抖擞，目光炯炯逼人。她一眼看见横在榻榻米上的丈夫，不屑一顾就进了卧室。女儿告诉她小弟弟吞下了揿扣，她若无其事地说："不要紧，揿扣是滑溜的，明天一早就拉出来了。"揿扣果真拉出来了，什么事遇上她都会逢凶化吉似的。女儿第二天背了书包上学去，代数考得很烂，妹妹预言她一定要留级，她对妹妹咆哮一阵，然后噙着眼泪求父亲不要再喝酒，父亲瞄一下呼呼大睡的母亲说："喝酒也跟打牌一样，这辈子戒不掉啰。"女儿叹息一声，望着窗外淅淅沥沥的雨，觉得自己竟然一滴眼泪都流不出来。

我简述了这篇小说的内容，是因为当年写这篇稿子，确实是有感而发。其中人物和故事，全非虚构。事隔多年，这位嗜酒似命的父亲，早已归了道山（当然是酒精中毒），难得的是他们的儿女，一个个都已一帆风顺地成家立业，女儿还接了好命的母亲，到新大陆定居去了。

记得那时我每回去探望他们时，男主人总是端着大杯子摇头晃脑地吟诗作对。当女主人坐在牌桌上发号施令，能听见小妹噘起嘴说："自己打牌，要别人替你读书。"小弟弟一见我总是高兴得直跳，要我讲故事给他听，讲完了故事他就唱歌，把学校里学来的歌，一支支从头唱到尾。我至今还记得他最爱唱："啊，大姐姐，请听呀、听呀，听我唱歌问候你……我定呀、定呀，定能，令呀、令呀，令你，心呀心欢喜。"孩子的天真，令人难忘，没想到转眼之间，这个唱歌的小弟弟都已是中年，进出口生意做得非常兴旺呢。

这几个孩子，一直缺少父母的关爱与教育，却能如此正常地成长，真正是非常地幸运。仔细想想，实在是因为他们出生得较早，那时工商业还没像今天这般繁荣，社会形态也没像今天这般复杂。孩子们没有出租的小人书可看，家中没有"刀光剑影""杀之以灭口"的电视剧可看。西门町也还没有弹子房，没有黑咖啡室，没有电动玩具。社会的引诱小，欲望低，家庭再缺少温暖，也没处可跑。如果这几个孩子成长在今日五花八门的环境中，恐怕这位母亲，就没这样好的运气坐享儿女之福了吧。

我非常感慨的是今天做父母的，远不及以前的容易。有的父母付出全副心血教导子女,偏偏子女们根据新的青少年权威理论,跟父母大闹代沟,不接受教诲。又因社会各种引诱力太强,父母们防不胜防。子女走入歧途,作奸犯科,父母还得背负"养子不教"的罪过,这能算是公平的吗?

今天,青少年问题愈来愈严重,如果有关当局不拿出魄力和办法来,从正本清源做起,却要事事责望于父母,叫做父母的又如何遏止社会不良风气呢?今日真个是难为父母,难为父母啊!

我住宅附近有一间青年商店,是我经常购买食物与日用品之处,没多久就看他们匀出一大块地方摆了两架电动玩具。过两天,另一家杂货店也摆出两架来了。一大群孩子围着全神贯注地玩,这究竟是游戏还是赌博呢?住宅附近的小商店都附带经营娱乐场生意,让工作繁忙的父母,如何阻止子女不进入其中呢?这些沉湎于电动玩具的孩子们,他们的父母亲,即使不像我小说里写的那样喝酒打牌,又如何管得住他们呢?由小赌而大赌,小输而大输,后果焉堪设想,这尚只是一端而已。

我茫然地从那间商店走出来,轻轻叹了一口气,对自己说:"幸得我的儿子已经长大了。不然的话,我也一定是个教子无方的母亲啊。"

头发的故事

骊歌唱别之时,彼此都在纪念册上留言。刘珍和在我的纪念册上就只画了两条辫子,因为我是最最羡慕她能保留辫子的人。

中学女生的发式，曾一度成为热门话题。究竟可留多长，该剪多短，真费了教育行政当局对政令的不少解释，也费了学校当局不少两全其美的心思。专栏作家们都纷纷撰文讨论，中学女生们呢？一定怀着对头发放宽尺度的企盼。有心人还请教过来台访问的老教育家。他的回答是："我们不认为年轻人一定要无条件接受家长或长辈的价值观念。学校辅导人员的工作就在帮助孩子们发展人格，寻求适合自己的职业，并为他们解决学业上的困难。"这场剪发风波，倒使我想起中学时代，三千根烦恼丝的故事。本来，我们那个时代，女生并没有"发禁"问题，但我就读的那个教会女中偏偏就有，而且规定得很严格，也是"发长不得低于领口"。那时的制服中式领子相当高，于是头发就要剪得很短，才不至刷到领子。两侧在耳垂下半寸，后头齐发根。有的人发根长得低，可以占点便宜，倒没像现在那样要剃得青光光的。

我在没有入学以前，本来一直不喜欢母亲给我编得紧绷绷，翘在后脑勺的两条泥鳅辫子。满心想进了教会中学，当起"洋学堂生"，一头"秀发"，一定可以像葡萄仙子似的，披在双肩上，飘呀飘的。前额再别上我最喜爱的亮晶晶的水钻发夹，多么美丽啊。因此我天天兴奋地期待开学。谁知注册那天，训导主任和善地拉一下我的辫子对我说："正式上课以前，要把辫子剪掉哟。"我听了好奇怪，女校又不是尼姑庵，为什么要落发呢？我悄悄地问另外的新生，她也悄悄地对我说："教育厅并没有规定，是校长规定的，听说校长好凶啊，管学生从头管到脚。"

为了辫子梳得难看，我也有过把它剪去的念头，但一下子真要非剪不可，又有点心疼起来。回到家里，就跺着脚跟母亲闹。母亲笑笑说："剪掉的好，剪掉的好。省得你天天为梳辫子左不是右不是地发脾气。再说，我也快回乡下去了，谁来给你梳辫子呀。"母亲说着说着，就叹起气来，我知道母亲非回乡下不可，我的辫子非剪不可。

新生训练那天，我却眼看见好几个同学仍旧留着辫子。我低声问其中一个："你的辫子为什么不剪呢？"她很神气地回答我说："我们是教友家庭的子女，可以留辫子，但是得梳得光溜溜的。"

"你们是在上帝面前许过愿心，一定需留长发的吗？"我傻傻地问。

她哈哈地大笑说："许什么愿心呀，是校长特许的啦！"

教友可以留长发，非教友得剪去，这不是不公平吗？是不是因为耶稣是长胡子、长发之故呢？后来又看到住宿同学许多都不穿制服，我又奇怪地问：

"你们也是教友家庭吗？"

他们又大笑说："不是的啦，是因为我们住校，平时不出校门，可以不穿制服。如果天天穿，穿脏换洗不过来，反而不整洁，所以校长规定校服只要在纪念周和周会时才穿。"

又是校长规定的？穿便装我一点儿也不羡慕，因为我根本没有漂亮衣服可穿，而且我一直梦想一身短衫黑裙的"学堂生"打扮。一旦有资格穿上，真舍不得脱下来。平时外出游玩，我都要穿制服，抬头挺胸的，觉得自己好体面。唯有要把头发剪短，不能像教友同学两条辫子一甩一甩的，总是心有未甘。但我们又怎么能抗拒呢？

教会学校的许多规定，都是我事先意想不到的。不许留长发以外，还不许戴戒指，别别针，不许擦粉抹淡淡胭脂，更不许烫发。凡是女孩子喜欢的事，一样也不能做。有几个从上海来的比较爱时髦的同学，把发梢用烫发钳微微向里卷一点点，看起来真的很活泼。训导主任是位男老师，他每回检查头发时总是笑嘻嘻地用铅笔杆挑一下那位同学的发梢，似点头又似摇头的就过关了。可是校长一对大圆眼睛看到了，就大声问："你怎么烫头发？"同学低声说："没有呀，只是在尾巴上卷一点点。"校长说："一点点也不许卷，自自然然多好？既整齐又省时间。下课以后，马上去洗掉。"同学的眼泪要掉下来了。教友同学却摸摸自己的光洁辫子，很庆幸的样子。她们明明都很和蔼可亲，但是由于头发上待遇的差别，使我们在心理上不由得有了距离。

我们的级任导师非常爱顾我们，她知道我们对此事不大开心，向我们解释说："校长不许你们卷头发，是为了不要你们花时间在打扮上，只要一个人开始卷，其他人就会学样，渐渐地大家都浪费了时间，不好好念书了。"

"才不是呢，校长自己剪个男人西装头，就不许我们留长发。"有一个同学噘起小嘴说。

"先生,我们上海中西女中的学生,还烫飞机头呢,中西也是教会学校呀。"那个从上海来的卷发梢被训的同学不服气地说。

"上海可不一样啊!我们是杭州,杭州是个朴朴素素的地方,女学生尤其应当朴朴素素的。"级任是我们爱戴的老师,她说的话,我们都很心服。她也是留头发,在后颈齐领边梳个简单的横香蕉髻,看上去虽太老气,但显得很慈爱。不像校长的男子西发,一副剑拔弩张的样子。总之,校长的主意好强,权威好高,好像全校师生都要听她一个人的。每逢周一周五,她都要亲自检查头发,因为她时常请人来演讲,得格外注意服装和头发的整洁。她一手执铅笔,一手拿点名册,炯炯逼人的目光,把每个人都从头看到脚,如觉得哪个的发长超过耳根半寸,就会用铅笔杆量一下,说一声:"今天回家要修剪。"有个同学申辩道:"我妈妈用尺量过的,没有超过呀。"校长问:"什么尺?"她回答:"裁缝尺。"校长说:"不行,要根据米达尺。"级任导师跟在校长后面,抿着嘴儿笑,一副爱莫能助的神情,我们偷偷向她扮个鬼脸。如被校长看到了,加倍处罚。校长一个个检查完毕,"噔噔"地走了。她的半高跟皮鞋非常讲究,每天擦得光可鉴人。和她擦油的西装头一样,我们说她"从头亮到脚"。从上海来的见多识广的同学说,这种叫做"拔佳"牌子的皮鞋,永不走样,杭州也有一间分店,可是价格惊人。由于羡慕,我们有时也把皮鞋使劲擦得亮亮的,彼此比着说:"看我的皮鞋够不够'拔佳'?""拔佳"也渐渐成为顶尖或骄傲的代名词,看到哪个神气活现的,就说:"你看她好'拔佳'啊。"今天想想,这种形容词也很现代呢。

校长对我们训话说:"中国人讲究品头论足,一个头,一个脚最重要。早晨起来，先要梳好头发，才能端脸盆去盥洗间洗脸。晚上睡觉前，鞋子脱下来要整整齐齐放在床边固定的地方，看起来才整齐，穿起来也方便。"她的话明明是有道理的，可是她一对大眼睛瞪着你看的时候，心里又惊惶又反感。我们天天穿制服，无非想在头发上稍稍变点花样，没想到连想带只有颜色的发夹都不许，心里就有点乌烟瘴气的。有一次，一位心理学专家来演讲，他说："女性的服装发饰，很足以表现一个人的性格，也最能增加她的美感，不但她自己觉得容光焕发，也会影响别人，使别人高兴起来。一个办公室里有几位女性同事打扮得漂漂亮亮的，可以提高全体的工作效率。"听得我们好高兴。不知他是哪里人，把"女性"说成"扭性"，于是我们悄悄地说："我们都是'扭性'，校长也是'扭性'呀。"我们忍住笑，偷偷看校长，她端坐在讲台右侧，一张扁平的脸本来就像涂过水蜡似的，油光闪亮，那时竟满脸通红，红中透亮，格外显眼，演讲的先生大概也发现她神情有异，又看看我们除了少数留辫子的外，大家都是"一刀齐"的水桶头（并不比今天中学生的"西瓜头"好看多少）。他立刻改口说："不过中学生的整齐划一，也是一种美。"他真是心理专家，随风转舵得一点儿不费力呢。那以后好一阵子，我们对男老师都自称"扭性"，一位浙大刚毕业的男老师说我们"扭性"最别扭。

　　到了初三，功课愈来愈重，又要准备全国性会考，忙得连梳头都没心思。校长又说："你们的头发不梳好，辫子这么蓬乱，看了心都乱起来，还读得下书吗？"她从一本书似的皮夹中取出梳子，把每个人都梳一下，梳完了才走。大家在背后轻轻说："老处女，变态心理。"其实级任老师也是中年未嫁，她却是那么地随和慈爱,一点儿也不古怪呢。

我们毕业会考全体平等,神气活现地全体免试直升高中,尽管被视为"天才班",但校长对我们的管理一点儿不通融。可是我们升了高一,都有点人大心大,自视不凡起来。有一次纪念周,请人演讲,校长又来查服装头发,我们大家商量好,故意都把校徽取下。她一看生气地问:"你们怎么都不佩戴校徽?"我们说:"忘了。"她更生气了:"怎么会全体都忘了!明明是故意的,全体记小过一次。"我们笔直地站着,一副有难同当的样子。第二天,级任导师笑嘻嘻地对我们说:"你们这批顽皮孩子呀,校长都被你们气炸了。坚持要记你们一人一个小过。我说这样记法,等不到高三,都被开除光了。究竟你们一班好出色,各种校际比赛都少不了你们呢。这么一说,她才消了点气,要我好好训你们一顿,现在我严重警告你们,下不为例哟。"我们好感谢她,以后也不再惹校长生气了,毕竟她一切都是为我们好。

我们不惹她生气,她却总在找我们生气,比如有一位在高一新考进来的同学,是天然卷发,她硬是说她烫头发,她只好用热水当面冲洗一遍,愈洗愈卷,她才信了。幸好那时还没有电烫、冷热气烫等等,不然的话,她仍然不会相信的。

值得大书特书的是另一位也是新考进来的同学,她名叫刘珍和,头一天她一进课堂,大家眼睛都一亮。因为她长得实在漂亮,全班同学除了一个叫朱兰生的篮球皇后,没有一个能和她相比。她皮肤细嫩,唇红齿白,修眉大眼,微黄的柔发披垂双肩。训导主任晓谕她要剪去头发,她问:"先生,梳辫子可以吗?"训导主任说:"教友可以梳辫子。"她灿然一笑说:"那么上帝是最公平的,他一定不会强迫我剪头发。"校长一见就问她:"你是教友吗?"她摇摇头。校长说:"那么你要把头发剪短。"她居然理直气壮地反问:"校长,我不懂,为什么不是教友就不能留长发呢?"校长非常生气,命令她第二天一定要剪好头发,才许上课。我们都好替她担心,鸡蛋怎么跟石头去碰?但她依旧神情自若地上完一天课回家,第二天,只把披肩的长发编成两条辫子,一甩一甩地来了。我们大喊:"怎么不把头发剪短呢?"她笑笑说:"读书跟剪发有什么关系,难道剪了头发就会变聪明吗?"我们竟想不出话来驳她。第一节是英文课,美国老师进来,向大家笑嘻嘻地环视一周说:"今天是第一堂课,你们先用英语说说暑假中的生活,有什么有趣的事?或者自己最喜欢的事。"每个人都结结巴巴地讲了一点儿,轮到刘珍和,她从容不迫地说:"我最最喜欢留长发,因为我觉得长发或梳辫子最适合我的脸型、我的性情,先生,你说是吗?"她的英语说得很流利,声音又甜美,听得我们一愣一愣的。美国老师和蔼地点点头说:"很好,你说得很对。"我们都很替她高兴,因为这位美国老师很有权威,教学方法又好,我们初三一年的关键时期就是她教的。她严而讲理,大家都非常敬爱她。我们想她点了头,刘珍和的辫子大概保得住了。谁知校长仍坚持要她剪去,把她叫到校长室足足训了一小时,她坚持不剪,她说:"留辫子并不犯教规,非教友必须剪去辫子才是不公平的。她要坚持原则,不剪辫子。"校长气得发抖,但也不能勒令她退学,因为她是以高分考进来的。校长要见她家长,家长不在杭州,家长的朋友代为接见说:"孩子们身心健康,品行好,人又聪明,念书用功,头发要怎么梳是她自己的事,做父母的不能干涉太多。她愿意进你的学校,是因为你们学校办得好,有教育原则,希望你不要为剪发的事破坏了大家对你学校的好印象。"说得校长哑口无言,悻悻地被送出大门。

在如此的情势下,刘珍和的两条辫子是否会逼令剪去是很难担保的,但她居然坚持到底,全校就只有她是非基督徒而留辫子的。而她功课成绩优等,品行好,服务热心,老师和同学都喜欢她。她的两条辫子成了她的特别标志,也是美的象征。奇怪的是校长对她剪辫子的事从此不提。上《圣经》课时,她特意把刘珍和编在她自己班上(那时《圣经》课是必修的),坐在第一排,两条辫子大模大样地在她面前甩来甩去,校长只好视而不见,每次用《圣经》新旧约中各种古怪的难题目考她,她偏偏对答如流,她又能拿她怎么样呢?

我们都好喜欢刘珍和,一半是因为她坚持原则到底,替我们在严厉的校长面前争回一口气;一半是因为她性情刚中带柔,学问好,气质超群,能画一手好画。上课时,每位老师在她笔下,都画得非常传神,每位同学,都有她惟妙惟肖的速写,她的辫子,成了我们班级的荣耀。

到了毕业时,连严肃的校长,都在大礼堂里对大家说:"珍和样样都好,就是脾气太倔强,女孩子这样倔强会吃亏的。"她居然笑了,扁平发亮的脸,忽然显得仁慈起来,我们也忽然觉得这许多年来,和校长的对立都是不应该的,她原来是如此地关爱我们、期望我们。转眼即将与母校告别、与校长以及所有老师告别,大家心里都感到非常惆怅。

骊歌唱别之时,彼此都在纪念册上留言。刘珍和在我的纪念册上就只画了两条辫子,因为我是最最羡慕她能保留辫子的人。

行过毕业典礼的第二天,刘珍和马上就将两条辫子剪去,梳成不长不短的"自由式"。我好奇怪地问她,为什么坚持留了三

年的辫子,现在反而剪了?她慢条斯理地说:

"三年来留辫子,是为了维护一个公平合理的原则,现在毕业了,留辫子已无必要,我也想换换发式哩。"

她真是个倔强的女孩子。我把她的事讲给父亲听,父亲听得津津有味,喷着旱烟,念出一副对子来:

> 谆谆诲谕, "发" 外开恩。
> 真理之前, "辫" 乃得明。

秒语双关,父亲原是一向严肃的人,居然也幽默起来了。

这是将近半世纪以前的旧事,今天却因中学女生的发式讨论,当年小女儿的顽皮情态不由又回到眼前。我觉得刘珍和家长的朋友的话是对的,孩子的身心健康和智慧的发展最重要,生活上的细微末节,不必管得太多。当年校长之所以放弃剪发的命令,想来她内心已被说服,只是不愿明白表示就是了。

小记:本文脱稿时,我这位中学同学刘珍和正巧自侨居的美国回到台湾,老同学畅叙旧事,欢慰可知。她说起当年为了原则和校长坚持到底的事,仍不由得眉飞色舞。但是现在想想,校长管我们虽过分严厉琐碎,究竟是一番好意。她确是很关爱我们的。将近半世纪了,校长的音讯杳然。她如仍健在的话,已逾八十高龄了。

年 轻

因为人，一降生斯世，
就上了舞台，不容退却。
她必须认真、谦虚、诚恳地从开始演到落幕。

年轻的作家夏祖丽,访问了二十位年轻人,写下了一本闪烁着生命之光的书——《年轻》。

这不是一本供人消遣的书,更不是作者借此卖弄才情的书。你必须以十二分温厚的心去读,慢慢地去体会,自会从内心油然兴起一片虔诚,随着作者亲切、平易而又生动流畅的笔触,带着你和书中人面对面握手言欢,侃侃而谈。心灵上所感受的愉悦欣慰,将无言可喻。

这二十位年轻的女性,尽管是斐然有成的作家、画家、记者、影星、音乐家、舞者、服装设计师、旅游事业主脑、电影导演,但她们仍然是平平常常的人。走在街头,和你偶然邂逅,你不会觉得她们有一点特别。但她们忠于自己的工作岗位,那一份坚毅的意志、执着的责任感,和敬业乐业的精神,将会让你深深领悟:"天下无难事,只要有心人。"正如书中所报道的殷允芃所说的:"只要一个人不断地努力,他几乎能得到一切所要的。"

难得的是本书作者从事访问和报导的态度之虔诚认真。因为这些年轻人,各有不同的性格和生活背景、不同的理想、不同的工作兴趣。夏祖丽于访问之前，必先下一番功夫阅读她们的书，观摩她们的画，欣赏她们的演出，再访问她们的师长亲友，以求深入了解，然后去和她们本人做恳切长谈，一次再一次。她温和地动问，细腻地体会，以全心灵投入对方的工作状况或生活心态中，才动笔来写。尽管如此，她却不做刻意的描绘，更没有虚饰的夸张。她只以最平实恰当的文字，写出她们每个人真实的故事。写得那么鲜活生动而真挚。对她们的言谈举止，热衷工作的情操，只淡淡几笔，却丝丝入扣。可贵的是，她给人的感觉，并不是她们成就的不可企及，而是"彼人也，我亦人也"的启迪。这就是本书值得一读再读的原因。

现在来谈谈我的读后感：

王信这位雄心万丈的摄影师，她把满腔乡土爱、同胞爱，灌注于艺术作品中，表现了她的高度智慧和开放胸襟。她的"山地雾社"摄影报导尤其显示了她广大的人类爱。一个小时候只会剪娃娃玩的女孩王碧莹，由于老师梁丹丰女士的启迪，使她奠下画画的基础，也学到为人处世之道。虽然以后迂回曲折走了许多路，终于找到自己的旨趣而成为服装设计师。女导演汪莹说："做一个女人，还不及做一个人重要？"肯定了"天生我材必有用"的意义。她在美国求学的一段奋斗史告诉我们一个人的成就，不是靠运气的。对于家庭儿女与事业，她有她的看法。读了她的故事，不禁使人由衷欣赏这位大而化之的女权运动支持者，也是一个唯美派的女人。季季，十六年来没有一天停过笔，她出色的散文小说和报导，证明没有参加大专联考，一样能走出一条灿烂的路来。她踽踽独行的经验反而完成了她的志愿，因为她是个坚强的女性。失去听觉的林燕沉醉在无声世界中，却用画把明朗活泼的乡野气息带给人间。当读到她母亲对她的爱与启迪，令人感动得落泪。冷静、独立、富判断力的外国通讯社记者殷允芃，眼观四方，耳听八方的才能智慧，绝不是一朝一夕所能培养出来的。而她以悲天悯人的热情，描写了孤儿院、老人院，尤其是有关费城唐人街的文章，令人叹佩无已。以天才儿童被送出国深造的钢琴家陈必先，都是由于自己的勤奋苦练，和双亲之爱的培育。她和音乐融为一体的基本条件就是简单的两个字——用功。她的业务经验和才能不是寻常的，但也是磨炼得来的。"歌缘未了"的赵晓君的气质和文章，使人们了解一个别具风格的歌星奋斗的艰苦过程，也使人怅惘于她天生多愁善感的性格。失聪的郑雨是幸福的，因为她享受了人间最多的母爱。夏祖丽于热泪盈眶中领悟了什么是爱，她细腻的笔触也使读者有同样的领悟。"盈泪导播"庞宜安对电视节目的创见，和对儿童教育的重视值得有关方面的深思。龚明祺，这位唯一是东方女性的酒类化学师，分辨酒的本领就像个魔术师。她舌头每一部分的敏感度真是异于常人吗？不，是经验的累积。岂止经验，还得有一颗细腻而负责的心，更要经得起酒瘾的引诱，这真是一门特别的行业。提起"云门舞集"的三位少女，何惠桢、郑淑姬、吴秀莲，走在人群中并不出色，一上舞台就成了闪亮的星星。她们对舞的狂热和执着，感动得本来游移不定的老师林怀民哭了起来，因而对"云门"建立起希望和信心。最感人的是女孩的一句话："因为对自己没有信心，所以要试着做下去，看自己有多少能耐。"平剧演员徐露在舞台上体验了各式各样的人生，体会日深。最感人的是她说："一个被别人认为不好的人。大家都不帮助他，老说他坏，叫他怎么好得起来呢？"一个从事艺术工作的人，具有如此菩萨心，就不致为名为利或求自我表现了。徐枫和徐露的故事，都使人对表现人生的意义多一层体认。因为人，一降生斯世，就上了舞台，不容退却。她必须认真、谦虚、诚恳地从开始演到落幕。

总之，《年轻》这本书的成功，是由于夏祖丽传神又传真的笔调。每一则故事的感人，不是三言两语说得出的，还是请细心的读者各自体会吧！

心灵的契合

——读林文月的散文《遥远》

在稠人广坐中,
她总是默默地谛听别人说话,
颔首微笑。
她端庄沉静的仪容,
给我的感觉是一株孤芳自赏的素心兰。

一年多前，我读到林文月一篇文章《给母亲梳头》，禁不住热泪盈眶。当时因人在国外，未能多读她其他的抒情小品散文。倒是记得以前在《纯文学》杂志上，曾读过她游学京都与探讨魏晋山水田园文学的文章多篇（已结集为《京都一年》及《山水与古典》，由纯文学出版社出版）。后来知道她在潜心移译日本古典名著《源氏物语》，对这位才华横溢、治学勤奋的年轻学者，衷心叹佩不已。去年秋间，又读了她一系列记述应日本交流协会邀请讲学归来后的观感。觉得她平实朴素的文笔，不夸张、不炫耀，毫端所透露的那份细腻真挚的情愫，迥异于一般的报导文章，因此对文月的作品，益为激赏。

去年一年中，曾有好几次场合与文月见面。在稠人广坐中，她总是默默地谛听别人说话，颔首微笑。她端庄沉静的仪容，给我的感觉是一株孤芳自赏的素心兰。望着她，我也变得怯生生的，不知如何和她攀谈。直到有一次宴会，我们正好坐在一起，她先生也来了，大家喝了点酒，谈兴渐浓。浅醉微酡中，彼此都不再那么拘束，我才轻悄悄地对她说："我好喜欢你的文章，你这么年轻,有这么高的成就真了不起。"她谦逊地笑笑说:"哪里,我也已经不年轻了。"我又回忆地和她说起第一次见到她的印象。那是一个夏天,文学杂志社社长刘守义先生邀饮,文月翩然而至,由夏济安先生介绍给大家认识。她那天穿着一袭白底子上大朵黄菊花的洋装,裙裾飘飘然撒开来。双耳戴一副白菊花黄花心耳环,配合得那么亮丽而淡雅,那一派秀外慧中的娴静气质,令我念念不忘。她听我这么说,笑得更灿烂也更自然了,点点头说:"是的,我记得是有过么件洋装,您的记性真好。"殊不知我是个专记小事忘大事的人,和她开始交谈以后,心情非常愉快。对她也好像有一份久已相契于心的感觉。

不久前,听到她又将出版新散文集,我正高兴地等待拜读呢,没想到文月却要我为她的新书《遥远》写一篇序,这下却着实令我为难了。写吧,这支秃笔实在不足以表达她文章的精髓,有负她的美意。不写吧,又不忍心拒绝这份真挚的情意。我向她说明自己的矛盾心情,她宛转地说:"我不好意思勉强你,却多么希望你能答应,因为你说过喜爱我的作品,而我也一直喜爱你的文章。至少我们的文笔都走的平实一路,不在刻意求工,我才想到请你写。只要话家常地谈谈你的意见,并不是那种道貌岸然的'序'。"听她这么说,我怎么能再说"不"字呢?

为了对文月的身世背景和感情思想多一点了解。我先看她另一本散文集《读中文系的人》。因为此书出版时我还没回国,许多文章都未曾读过。在《谈童年》一文中,她以细腻而微带酸辛之笔,回忆童年时代的特殊情境。她出生长大在上海的日本租界,就读于日本小学,母亲永远把一头乌亮的长发在颈后挽成一个髻子,显示她是道道地地的中国人。中日战争中,中国小学生与日本小学生互骂"小东洋鬼子""支那仔"。懵懂的她,还曾对中国孩子投过石子,以为自己也是日本孩子。可是她牢牢记得有一天逃飞机警报时,她吞吞吐吐地对日本兵说出自己是中国人时,日本兵脸上立刻变得冷漠的表情。她恨不得大喊:"中国人有什么不好,中国人和日本人有什么两样?"那种被屈辱的沉痛记忆,也许就在她心灵深处种下了一个因素,使她长大以后立志致力于中国古典文学之钻研以发扬传统中国文化。看完《读中文系的人》一书后,更体会到她一腔炽热的抱负和对文学的使命感。如今她已完成了日本古典巨著《源氏物语》的移译,切实肩负起中日文化交流的工作。我想以她的一片爱国情操,也许盼望能借两国温柔敦厚的古典文学之沟通,消除东方民族之间愚昧的歧视和仇恨,以求真正达到东方文化大融合的至高境界吧!

现在她的新散文集《遥远》即将问世,我得以先读为快,自感欣幸。她嘱我写序,实未敢答应,但也有满腔的话想借此一吐,就算是我的读后感吧。

本书共收二十篇文章,在性质上,可分亲情、旅游、出国研究讲学诸部分,而其神理脉络是一气贯穿的。读毕全书,更能体会作者对祖国之爱,对亲人师长和异国故旧的情谊,对学术与文学的沉醉,和对中文系莘莘学子的殷切期望。于每一篇章中,都充分显示了一位中国女性学者刚柔互见的风格。而她行云流水、自然可爱的笔触,较诸她写游学京都时期的文章,益见"由绚灿趋于平易"的进境。尤其难得的是她的文词于平易中见情趣,于朴实处透至情,所以能格外打动人心。这也就是章实斋所说的"文不足以入人,足以入人者情也"的至理了。

与其抽象地赞美,宁愿逐篇做简单介绍:首三篇是她于寂静中对大自然的领悟，于外界景物人情观照入微，着笔空灵妙曼。于诗中是绝句，于词中是小令，于文章中是吉光片羽的小品，宜于一个人静静地在灯前或雨中细细品味，当觉有涓涓清泉，流注心胸间，使你感受到"相看两不厌"的物我交融之趣。

《过北斗》写她回到陌生的家乡那份"熟悉的感情"，她体会"泥土与血缘的联系"品尝北斗人认为最好吃的北斗肉丸，使她对故乡小镇产生无限依恋，读来真切感人。

《记忆中的一爿书店》使我看到一个天真的小女孩迷恋在书店中的憨态，写书店主人母子对她深厚的照顾，字里行间也透着一缕无可追寻的怅惘。

重读《为母亲梳头》再次使我泪水泫泫而下。看勤劳的母亲，自青春健康之时，对儿女无微不至的呵护，到老年衰病之身，不得不由女儿代为梳头沐浴。那一份宛转细腻的孝思，包含了多少酸辛？她写道："我的手指遂不自觉地带着一种母性的慈祥和温柔，爱怜地为母亲洗澡。我相信当我幼小时，母亲一定也是这样慈祥温柔地替我沐浴的……""母亲是背对着我坐的，所以看不见她的脸，许是已经困着了吧，我想她是困着了，像婴儿沐浴后那样……不要惊动她，好让她就这样坐着舒舒服服地打个盹儿吧！"伟大的母爱，慈乌反哺的情怀，使她的文笔进入最圣洁的境界。我痴痴呆呆地读了一遍再一遍，已不自知涕泗之何从了。

《姨父送的蝴蝶兰》写于作者的慈母逝世以后，姐妹同去探望姨母的病。泪眼相看，心情凄苦可知。而作者极力着笔写姨父乐天知命的豁达神情，以冲淡悲怆气氛。姨父所赠兰花，象征大地春回的希望。虽然最大的蓓蕾枯萎了，她仍耐心守候其他五朵的绽放，人事与花事交错的笔法，使读者的心情，随着她的笔端忽悲忽喜，忽黯淡忽开朗。读到她写姨母一觉醒来，告诉她梦见阿姨的那一段，真个是一字一泪，凄断人肠。她写道："姨母像在对她自己说话，嘴角竟有一抹笑意。我真想放声大哭，但觉得此刻应当坚强起来，给病人安慰，便俯身拥抱她，轻轻柔柔地拍她的肩头。"与《给母亲梳头》那篇一样，同是哀而不伤的诗骚之笔，尤使人激赏的是最后峰回路转："凄风苦雨已过，愁云惨雾渐消。"五朵蓓蕾齐放，她"要留得花姿曼妙，寄给姨父姨母共赏"。曲终奏雅，温厚的作者，总愿给人间带来希望，不至过于悲切。我们都知道，凡是写亲情文章，无有不真，也无有不善，但写得如此之凄美，则端赖作者那一颗缠绵宛转的智慧灵心。

《那间社长室》悼念一位恺悌慈祥的长者，写他对后辈的爱护鼓励，感情真挚而不夸张。诚如作者说的"悲哀接连而来，令人不及悲哀，眼泪语言文字所能表达的都是极有限的。"是最最诚实的悼词。她徘徊雨地中，仰望漆黑的窗口，丝丝细雨，使读者也感染到那份淡淡的哀伤。

旅游文章易流于平铺直叙、记账式的叙述。而文月的记游，由于她灵心善感，体察入微，细腻的笔触，乃引人如亲历其境，亲睹其人。那份深远的哲思与温厚的情怀，更留予你咀嚼不尽之味。例如在喀剌蚩机场，她默默地看一个擦阶梯工人，辛勤认真地工作着。她就会想象到他的家庭是个什么情况，她想着："那些褐色皮肤的男孩和女孩，也许没有体面的鞋子穿，可是光着脚丫子的他们戏耍时，一定都有一张可爱的笑容。我几乎想象得出他们笑时露出白白的牙齿。"读至此，我不由得叹一声"真是好"。作者对卑微人物的同情，对神圣工作的赞美，字里行间所散发的爱的光辉，立刻使我想到印度人道主义诗人泰戈尔。在篇末，她恰巧引了泰戈尔的诗句，"缘草是无愧于它所生长的伟大世界的"，读后真有深获吾心的快感。

《翡冷翠在下雨》，活泼的题目，充满诗情画意的内容。作者的慧眼，于观赏伟大艺术家的雕塑，与富丽的大理石教堂之后，领悟不同凡俗，不是"到此一游"的粗疏如我者所能企及。结尾处她是这样写的："我看了看手表，一点三十分，这是台北的时间，有一滴雨落在表面上。"空灵凄美如诗，且与篇首"车抵翡冷翠时正下着雨"，遥相呼应，是不着意的画龙点睛之笔。

《义奥边界一瞥》让你觉得在看一篇多采多姿的小说。瞬间情景，小小人物的活动，一丝也逃不过她锐敏的眼底。例如她看到边界上的草原，和吃草的牛马群，就想着："草哪里知道蔓延到什么地方就算侵犯到另一个国度的疆域呢？牛马大概也不会知道它们吃的权利界限应该在何处吧！"看来牛马草木比人类洒脱自在得多了。又例如她看见邻车的小女孩，爱怜地和她招手，瞬息间车行渐速，小女孩消失在视线之外，她心头竟有一丝怅惘之感，真高兴我们女性才有这份痴痴傻傻的情思。正唯这点情思，使文月的游记有着明珠翠羽般的晶莹。

记访日的六篇文章，原应属于学术性的报导，但她纯以感性之笔出之。写日本教授、学人们恳挚的风范，写与女作家晤谈之爽朗款切，与异国故旧重逢的今昔沧桑，以及在异乡度节的怅触心情，人情语态，历历如在目前，篇篇流露了拳拳挚谊和浓郁的异国情趣。我庆幸文月于完成《源氏物语》这部巨著的移译之后，能亲自见到一位日文现代语释者丹田文子，和一位英文译者哥大教授 Seidensticker，透过不朽的原作者紫式部，他们三方面心灵契合的倾谈，定使文月今后于日本文学的翻译，增加更多的灵感。对中日文化交流的境界，亦将更上层楼。

读文月散文，觉其内容与风格，与个人在写作上期求把握的原则——真、善、美的一致，正相契合。这是我私心尤感欣喜的。文月的夫婿郭豫伦先生在本书附录中提到，他曾问文月："为什么只写好的一面？"她说："只会写好的一面，让别人去写其他的，大家分工不是很好吗？"说的真对，我也正是这个想法。记得法国女文豪乔奇桑对写实大师巴尔扎克说："你写的是你所看到的现象，我要写的是我所希望的现象。"此言真值得我们从事写作的人深思。世间固多无可隐讳的丑恶，却也随处呈现了美好，我们为什么不多发菩提心，多写美好的一面，以爱来包容过错，转化丑陋呢？以文月的才情抱负，与性灵之温厚，学养之专精，相信她一支缘野平畴、春阳温暖之笔，将会给人间带来更多的祥和与希望。

她的书出版于一年之始的春天，愿以此文寄予我由衷的祝福。

莉莉，一朵凄苦的花

——我读《金盘街》

母亲对生命的侮辱不能领悟,
是免疫的。

去年在联副（台湾《联合副刊》）连载林太乙女士的长篇小说《金盘街》，并不是已有六种欧洲语文译本的英文版的翻译，而是作者在久居香港十五年后，对香港的环境有更深刻的观察体认，再用心重写的。由于读者是中国人，她可以尽量刻画唯有中国人才能领略的背景和心态。因而也更能将全心灵投注其中，借了进展合理而吸引人的故事，栩栩如生的人物，鲜明的场景，呈现出令人沉思慨叹的深刻主题——香港贫富的悬殊，社会的不公平，人类求生存和力争上游的酸辛。

本书由纯文学出版社印行后，自必拥有更多的读者。我又细细重读一遍。激荡的心情，不由得随着书中人哭笑、叹息、咒骂。金盘街这个贫民窟里的每个人，与贫穷潦倒挣扎的痛苦岁月，看来似无已时。如果不是悲悯的作者，使刚挣脱母体的婴儿，由蓝色转变为粉红；如果不是宝伦在明亮的初阳中放步走向学校，重新听到悦耳的上课铃声，我真要为这苦难的一群人，掩卷而泣。

全书共分三部，结构严谨，脉络分明。作者巧妙地运用了象征、伏笔、对比、陪衬、抑扬、悬疑、前后呼应等技法，使故事的结构充满张力，加上随处散发语言文字的魅力，引使读者非一口气读完，又要细心再读不可。

《金盘街》的主角是仪玲、莉莉、宝伦母女子三人，而以宝伦为主线。由他带着读者进入湫隘寒酸的危楼，然后一个个人物，鲜活地呈现在你眼前。作者对叙事观点的把握是十分成功的。透过宝伦眼中，看见"叔叔像个麻雀，用筷子从地上捡啄起菜来吃。""叔母站在烈火熊熊的炉前炒一大锅韭菜豆腐。""眼睛亮得好像有鬼附身"；父亲是只"病鸟"（还有会计鸟、失业鸟、贵族学校鸟，新名词的创造予人以鲜明印象），母亲"随时会把脸揉成难看的一团皱纹，也会像块缎子一样，摊得平平的"，莉莉"一双漆得鲜红指甲油的赤脚靠在栏杆上，叹说天下没有不可能的事。"简明的几笔，有如画家的速写，勾画出人物的特征。作者并不介入其中，做旁白式的冗长叙述。她赋予十三岁的宝伦以耽于梦想的艺术家气质，也成了他内心最矛盾痛苦的主因。他对现实的渴望是好好念完书，出人头地。因为母亲给他的压力是"两房一厅"的安适生活。这个家庭的坎坷遭遇，作者在开头就埋下了伏笔：宝伦觉得生活会来个大变化。听到政府将拆金盘街，可能每户补偿十万元，以为大变化即将来临。母亲说一个人生来穷，并不就穷到死，姐姐说风水轮流转，处处强调他们对贫穷的抗议。看来这一家人将有一番大作为，可是命运带给他们第一个大变化，却是父亲的患肺炎而死。

尽管《金盘街》永远在黑漆漆一片中，作者却有意予以着色。例如瘦婆的床位堆满盛开彩色缤纷的菊花、剑兰、玫瑰，都是塑胶的（"塑胶的"三字摆在后面，要比摆在"盛开"两字之前效果更高，于此见得作者下笔用心处），又如"月亮升起来了，把金盘街抹得像刚擦过的银器"故意以鲜艳、明亮的光彩做简陋暗淡的反衬，像这类闪烁才华的笔触，俯拾即是，美不胜收。"金盘街"三字也正是强烈的象征之笔。

人物的语言口吻与动作，十足表现出各人的性格、身份和心态。例如仪玲，教育程度不高，说话就比较粗俗，却是自视不凡，有时也妙语如珠。她说："姓蔡的一家都一样，像白菜，我姓杜，是杜鹃花。"宝伦觉得母亲是："像朵杜鹃花，在潮湿闷热的夜里开了，吐着对过去的留恋，未来的希望"。画出母子性格之不同，也令人于泪光中为之莞尔。写莉莉"张开口，等一滴水滴进去。举起脚，希望每个脚趾上都滴到一滴水。"暗示她对幸运的渴求。她想穿白纱礼服参加宴会，想抱一只小狗搭飞机去美国，这些空中楼阁的欲望，对一个受贫穷折磨的十九岁少女来说，是格外值得原谅同情的。可是她一想到："明天要烧开水，把瓶子消毒（酿补酒）。"立刻又从幻想跌回现实。这种跳跃的笔法，正如写宝伦在课堂中做习题，忽然想到父亲的尸体在冷冻库里像条冰淇淋，一样令人酸鼻。这就是作者悲天悯人的含蓄之笔，暗示现实与理想的冲突，尽在不言中。

父亲被送医院，一去不返，却不曾有一笔正面写死亡，只着墨在仪玲身上。写她"继续地拖地板，拖上、拖下，一直拖着，父亲躺过的草席已经卷起，床板也洗过了"。她好像无动于衷，没有一滴眼泪，却好多次写她"满脸汗珠"，暗示困穷岁月，已使她只知辛劳，不感悲伤。写她从床下取钞票的动作十分仔细，越发衬托出一片凄凉气氛，重压读者心头。直到阿发姊问起，她才大哭，但一听说有人买补酒，立刻停止哭声，神情逼真。因为她哭的是贫穷而不是丈夫的死。叔母的勤劳踏实,和她女儿美珠的乐观天真,与仪玲母女形成对比。叔母给他们出主意,仪玲都不接受。她不肯认命,想一步登天。当他们真的搬出金盘街,迁入小公寓时,她有出幽谷迁于乔木的扬眉吐气。在叔母眼中,明知好景难长,最后重回金盘街,照顾莉莉生产,叫她挣扎再挣扎的还是叔母。首尾遥相呼应,暗示苦难的人生,只有咬紧牙根,面对现实。

反衬笔法,也是被多次运用的。例如宝伦在父亲死后,百无聊赖中,看瘦婆"一串串粉红的麝香豌豆花做起来了",他也去帮她做,瘦婆脸上露出微笑,会做花的是老丑的瘦婆,而不是妙龄的莉莉或美珠,也是作者有意的安排,可收反衬之功。且以鲜艳色泽,和默默工作的瘦婆,烘托宝伦丧父后的惨淡心境,要比"蓦然回首,那人却在灯火阑珊处",凄凉得多了。

莉莉由鸭嘴仔介绍进美容院工作,第一天得赏金二十元,"钞票像花瓣似的撒落在母亲身上"象征她们美梦的开始。仪玲挥着一张十元,叫宝伦去买盐焗鸡和扣肉,暴发户的心态,刻画入微。她对不知道自己姓名籍贯的可怜傻妹,施舍白饭和鸡,是人性的虚荣却也是善良一面的写照。傻妹是个极鲜明的陪衬人物。和宝伦爱沉思冥想成一强烈对比。她把粪车说成"夜来香",真是带有哲学意味的绝妙好言语。面对她,宝伦反觉得她比他有智慧。她认为:"母亲对生命的侮辱不能领悟,是免疫的。"是一针见血的沉痛之言。

补酒酿成,"一瓶瓶粉红色的酒,在小房间里排起来,酒香四溢,满屋芬芳。阳光把酒照得像晶莹玉液,红光掩映,喜气洋洋"。是作者有意给人一种"春风动,草萌芽",峰回路转的好兆头，是反衬，也是欲抑先扬之笔。接着马上是母女挨门挨户卖补酒的挫折酸辛。富豪人家侯门似海，恶犬欺人。仪玲被咬伤了，坐地大哭（丈夫死了她都不哭），打翻了的酒"像是她的血，一直向下流"。写得沉痛淋漓，不由人不为她一掬同情之泪。写宝伦在医院里，看母亲"仅仅是一小撮骨头、毛发、神经、血管、器官、腺，全体不到一百磅，全身躺在那里，可触摸、可称量、可伤害、可受突击，不能预防，他心如刀割"。以同样短句的句法，细细镂刻，使读者体会到宝伦的痛彻肺肝，真个是剧力万钧之笔。

宝伦是着墨最多的角色。写他矛盾心情极为深入。从开始时校长问他将来的理想，文科？理科？他脑子里立刻跳上母亲的"两房一厅"。归途中，他想着什么是生，是死，是美。世界上何必要美？他要游历世界，要拜会墨客骚人，他要像毛姆一样，可是眼前连学费都要欠。他只好佩服莉莉实事求是的态度。姐姐做了董浩生的情妇，他恨那"王八蛋"，但"天下没有美满的事，我毕竟继续上学了"。他和校长儿子聊天，说要留学英伦，以满足他渺茫的幻想。那种天人交战的矛盾心理，愈读愈令人倍感同情。校长一家的天伦之乐，和规律生活，正是宝伦一家的鲜明对照。宝伦的品学兼优，从校长心目中叙述出来。他对宝伦的爱护和另眼看待，就是以后保释宝伦的伏笔。

莉莉和董浩生的邂逅，是全书的第一高潮。大少爷给她一张百元大钞，驱车扬长而去。她转脸看宝伦，"忽然嫌弟弟的外貌平凡"，含蓄幽默的一笔，写出少女仰慕虚荣，诚是妙笔。浩生的外貌、衣着、神情，透过莉莉视点，一笔笔细细描来，不厌其详。作者对特定观点的运用，十分灵活自然。观点的转移，都是因事、因时而异，但都恰到好处。"他们像鹤立鸡群，会心相看"二句，又转为全称观点，简洁生动，正见锤炼之功。莉莉一见浩生，竟突然为他心酸。"心酸"二字，连写三次，而且连用了三个"因为"，写她的一片痴情，刻画入微。写莉莉对他痴情，也是表示作者对浩生这种人的同情。他生于暴发户家庭和香港十里洋场的社会，变成挥金如土的大少爷，不是他之过。莉莉痴情得要保护他，把他改好，以至以后为他失身、怀孕，被弃受苦都无所怨，更使读者不得不同情这个纯真的少女。写她痴情心态时，索性用第一人称的"我"省去"她想"二字，使读者直接进入她心中，和她一同感受，是非常灵活的笔法。

描写细腻周详，也是本书一大特色。例如，金盘街的景象；宝伦在学校，做数学习题和考外国史的情形；仪玲母女做补酒的过程，董浩生带莉莉会见商界人物的情形；以及后来宝伦在鱼翅工厂洗刷鱼翅，老板娘的和气，饭菜的丰富等等，都细加描述，景象逼真，可收烘云托月之功。足见细心的观察，和常识的丰富，是小说写作的重要条件。而题材取舍之际，疏密有致，作者自有尺度在胸。所谓："疏处可容走马，密处不许穿针。"才见得经营编织的匠心。

仪玲三人搬入公寓以后，对公寓的描写，一连用了七个"没有"来和寒酸的金盘街做明显的对比。仪玲哗啦哗啦地洗衣服洗澡，再没有在金盘街时排队接水的辛苦。她去买肉，"不再为几角钱讨价还价，这是享受"。然后转为第一人称"……九块钱拿去，不要找还，给我一大块姜"，一种扬眉吐气的满足感，令读者亦为之拍案称快，也为他们彩虹朝露的短暂好时光而担忧不已。但母女心情迥然不同，莉莉已渐有不安全感。浩生的一声

"好不好",使她突然热泪盈眶,仿佛在问她"你要不要呼吸,要活还是要死",读者焉得不为她的无可奈何而悲叹。

董苑的豪奢,透过仪玲视点写出。故事以她为中心而发展。她把去董苑当作一个目标,为了实现更上层楼的美梦,她使用再卑贱的手段,以争取金钱和身份,读者都会寄予同情。因为她不是坏人(书中也没有一个是坏人,因而使读者同情、原谅每一个人,此所以是上乘的悲剧)。她只是个有欲望、想摆脱贫穷、过好日子的平凡人。她也是个母亲,为子女的安全和幸福,她要争取权利,和命运挑战。搬进公寓以后,她感到应该放心了。过去的危险,都像屋外的暴风雨,侵害不到他们了。这暂时的安全感,却对映着以后莉莉的被弃,是抑扬法。

写芸芸众生相,作者始终保持一份温厚悲悯情怀,不含丝毫嘲讽意味。对三个主角的细腻勾勒以外,其他角色,虽着墨不多,亦复如此。这一点,我认为是林女士和张爱玲的笔调风格最大不同处。因为张爱玲总是冷酷地透视人物,冷酷地予以刻画,尽管入木三分,却于字里行间,泛着一阵阵生命的霉腐气,令人心灰意懒。仅赖文字的技巧,又有什么启迪性可言呢?

莉莉与董浩生姘居以后,感觉自己怀孕了,又惊又怕又喜,她要为他生个儿子。幻想每星期天双双推车去公园,而紧接着的却是董宅大少奶奶的孩子满月,形成一大讽刺。仪玲宣布女儿将为浩生养孩子是第二高潮。母女的梦一下子像胰泡似的破碎了。两房一厅也保不住,莉莉终被遗弃。母女还都能面对现实,精神受打击最深的是宝伦。他自始就有受辱的感觉,为了学业,不得不忍受屈辱。他提着姐姐的衣服去当铺,悟到"从此以后,要抬起头来,不靠别人,骄傲地为自己的生活奋斗",有一份"摆脱王八蛋董浩生"的痛快,却包含了多少向肚子里吞的眼泪。

重回金盘街,作者以"雨"为烘托。显示母子三人前后心境之不同,益增今昔之感。与全书开始时一样,作者仍旧透过宝伦观点写金盘街:"每根竹竿,条条柱子,都被雨水冲过,显得更清楚,更真实。"与前文首尾遥相呼应,两相对比。再特写:"雨后的味道,都比从前纯。他辨得出垃圾的气味、粪便的气味、旧鞋、老鼠、铁锈的气味。"作者最长于用详尽而同样的句法,强调一种情态。宝伦认得鸭嘴仔"可恨的面布,紫色柄牙刷,那双塑胶拖鞋",是后来二人冲突的伏笔。可是作者有意以贫穷丑陋的鸭嘴仔,对莉莉始终不渝的爱,和漂亮纨绔子弟董浩生的薄幸做尖锐对比。一个是始乱终弃,毫无责任感;一个却在莉莉痛苦生产时,哭着说他有一万块钱,愿意接受她生出来的孩子,让他姓何,提示人性中最最可贵的一点——真情的爱。

宝伦放弃上学,去鱼翅工场做工,内心矛盾之苦,写得十分感人。心理的重压,加上鸭嘴仔的讽刺,终于闯下刺伤他人肚皮的大祸,是第三高潮。情节的演变丝毫不牵强。母女从医院回来,"残月昏昏,她们看不清楚前面的路",是艰难世路的象征。仪玲又发出歇斯底里的狂号,命运多舛,令人泫然。幸得温厚的作者,安排了一位善心的感化主任。"她一拍宝伦的肩,就溶解了他僵硬绝望的心。突然间,他燃起了希望。"使读者也转过一口气来。在法庭上,宝伦猛抬头看见欧阳校长那一对悲天悯人的眼睛看着他,对他微笑。顿时拨开云雾见晴天,启示人间究竟有温暖。宝伦得到校长的保释,好心的读者亦为之破涕为笑,由低气压转明朗,是上升律笔法。

可是一波才平,一波又起。莉莉的难产是第四高潮。她一次再一次的痛苦挣扎，又把读者刚放松的心情拉紧下沉。宝伦急急回家，忽然看见姐姐"安静地躺着，呈现着久未见到的秀丽轮廓，像个天真无邪的十岁女孩"。他以为她已经死了，灵魂鸿飞冥冥，不知去向。他"想到姐姐像一朵花，过了二十年凄苦的生活，现在要飞去了。天色越来越暗，他面前是空虚幻景，他希望自己也随着姐姐而去"。气氛沉到悲哀的最低度。可是波澜起伏，绝处逢生。以下又是一步步的上升律。莉莉一声叫喊醒了过来。由叔母和接生婆协助，婴儿生下来了。但婴儿看来是死的，丢在像装满血液内脏的桶子里，仪玲是个永不服输的人，她拎起蓝色的肉团，咆哮着"王八蛋，他妈的，活来"。婴儿真的活了。从难看的蓝色转为粉红色，绘形绘声绘色。仪玲喊："莉莉，你生了个儿子。"一股温暖充满她的身体，她放心地睡了。这就是女人，这就是母亲，坚强地活下去，就是新生婴儿给她的启示和勇气。然后宝伦在冉冉上升的晨曦中走向学校，面带笑容，一切苦难都成过去了。这一段的气氛，紧扣人心，十分成功。

正如前文所说，全书结构严谨，脉络分明，主题明确，而情操尤高。以言谈动作刻画人物性格，都能恰如其分，十分传神。语言文字之鲜活生动，更不在话下。这应当归功于作者西洋文学修养之深。若要吹毛求疵的话，我倒觉得，当宝伦回来，再见到被他戳伤的鸭嘴仔时，似当有较详细的交代。对宝伦悲喜交集的心理，亦当有更详细的描写。因为他知道鸭嘴仔伤势严重，在感化所时，他内心既忏悔又担忧。如今见他已平安回来（他的出院亦略而未提），宝伦却只对他说了声："鸭嘴仔，不要怕，莉莉会好的。"然后倒了杯牛奶给他。与前文的剧力万钧相比，此处似嫌太弱了一些。其次是宝伦仍旧回到学校，固然是柳暗花明，予人以新生希望,而全文就此悠然(非戛然)而止,在读者心理上,似亦有意犹未尽之感。

也许正因为这个故事并未结束,林女士还打算继续写下去。写实事求是和追求理想的冲突,蔡宝伦将来究竟学文科、艺术,还是理科?他真能实现留学英国的美梦吗?母亲姐姐又是怎么想法呢?董家将来又会怎样呢?是蔡家兴旺,董家败落吗?因为"风水轮流转",天道应当是公平的啊。林女士如果不太忙,一定会继续写下去的。我们在热切地期待她的《金盘街》续集,那么上集的"意犹未尽",也就是她留给读者"有余不尽"之味了。

原载台湾《联合副刊》(一九八〇年六月廿七、廿八日)

女人与书

我记得在家乡晒书的时候，
看到书里面琳琅满目的有绿色、蓝色、红色的眉批，
还有好多大小形状不同的图章。
我的父亲说这都是前人心血的结晶，
他们读过很多的书，
一代一代地把意见写在书上……

今天能来参加这个午餐会，非常愉快。在座的各位女士有些可能已经是主妇，有些可能还没结婚，不管怎么样，读书是每一个人都感受得到的快乐事情。我们就来谈谈怎么样享受读书的快乐。我想先谈一下书。我相信不管是纯粹的家庭主妇或身兼家庭主妇与职业妇女，或者是青年学生，一定都离不开书本，读书对我们到底有怎么样的益处和乐趣？

第一，可以丰富我们的人生。书里头包含的知识、感情、智慧、道理、风景，十分丰富，我们读一本书就好像跟作者同样有这么多的学识一样，得到那么多快乐。书本可以说是最好的，随时可以跟随我们的一个好朋友。当我们很紧张或者是很寂寞的时候，总想有一个朋友跟我们谈谈，尽管现在交通工具很方便，我们仍然无法随心所欲地与朋友相聚，书本却是随手可得，我们喜欢什么时候读就可以什么时候读，我们在书架上随便拿起一本书来，另外一本书绝不会觉得你冷落了它，也绝不会跟我们生气的。

我觉得书就和人一样，你可以跟它通灵性。古人说："书中自有黄金屋，书中自有颜如玉。"当然在那时候读书是为了"学而优则仕"，读书以后可以得高官厚禄，所以说"黄金屋"了。我们把它做一个新的看法也未尝不可，就是说书里给我们的种种知识和处世之道等等，也可以使我们懂得适应新的、千变万化的时代。像今日工商业社会竞争激烈，人要跟着时代走，也不必讳言金钱。人正当地挣金钱，改善生活，并不是一件不好的事情，所以"书中自有黄金屋"这件事情并不是说拜金主义，而是说你追求一个美满的、高尚的生活，在书本上很多旁人的知识学问可以作为我们的参考。至于"书中自有颜如玉"，我们从广义来看它，所谓颜如玉者就是非常美好完整的人，这人有品德、有学问、面目和悦动人。面对一本好书，就仿佛面对这样一个人，就好像面对着一个你很愿意见到的朋友。先父曾经跟我说过一句话，我一直牢牢地记得，他说："你读书的时候，读到会心之处，那个人会跳出来和你握手，跟你讲话。"那意思我相信就是颜如玉了。我们很喜欢很好的朋友，让人感觉到心情愉悦，那么，他要和你握手言欢岂不是人生最快乐的事吗？

我的老师总是勉励我说，人生所以寂寞的原因就是不跟书本接近，不跟朋友接近。他说一生中如果能有几本你最心爱的书，可以做为安身立命的寄托，正如同你有一二知己，寄托心魂，一生可以无憾。

看能修身养性的书

第二，书可以休养我们的性灵。有人常说："我孤陋寡闻。"这实在是很谦虚的话，真正孤陋寡闻的话就不会说自己孤陋寡闻了。因为读到旁人的书，觉得人家的学问这么渊博，知识这么丰富，修养这么好，你自己才会觉得谦虚。学问是无穷无尽的，愈学愈觉其浩瀚，你自然会很谦卑地去接受别人的学问，对你有许多的益处。

宋朝的大儒家兼大政治家欧阳修说他读韩文公的文章时，先要用花椒和兰草熬的汤洗了手才敢拿出韩文公的文章来读，可见他对韩文公的恭敬，这也是一种谦虚。唐朝提倡古文运动的柳宗元和韩昌黎，扭转六朝的文风，以今天的词汇来说，应该是新文艺运动。柳宗元对韩昌黎推崇备至，他说要用玫瑰露漱了口才能来读韩昌黎的作品，这也表示他对韩文公的尊敬。

西方文豪、英国的 Charles Lam 说：教徒吃饭前要祷告表示虔诚，感谢主赐饭给他吃，他觉得读书之前也要祷告，表示对作者的虔诚与敬意，这意思也很好。我觉得祷告表示敬意之外，更使你专心致志、心情沉静下来，才能好好接受书中精辟的意思。

第三，使人免俗。现在使人免俗的方法很多，各种化妆术、服装、各种艺术都能使人免俗，不管是参加音乐会、画展或听演讲、游山玩水，任何一方面都能充实一个人的心灵与智慧。读书更是不能偏废的。黄山谷的一句话我想大家都知道的，就是："三日不读书使人面目可憎，言语无味。"强调了读书的重要。这面目可憎，我想一定就是傲慢的样子。若一个人自己觉得很满足了，不由得言语之间露出一种骄矜之气，很容易拒人于千里之外，也就是可憎。我们总愿意见到和颜悦色，非常谦冲，而且很注意到对方情趣的人。与人谈话老说"我如何如何"，旁人就觉得很乏味。如果常注意到对方的情趣、对方的生活、对方读什么书、兴趣如何，这样感情与思想就容易沟通。

读书一定要保持虚心接纳、轻松愉快的心情,书与人才能有密切的联系。我记得我的老师还说过一句很好的话,他说会读书的人可以从书中得到很多益处,相对地,书也可以因你而得到很多益处。他的意思是:你若仔仔细细地读一本书,一定会在书中写上很多你的感想和批评,你觉得文字有商榷的余地,不妨划下来,你觉得这句话太好了,不妨圈起来,批了很多自己的意见,等于你跟作者交谈了,你也发表了你的意见,这书本便得了你很多好处。那么这本书若传到另一个人手里,另一位读者不但得到书里的意思,还可以从一个读者对书的反应,引起了更多的反应。这样一本书流通之后,它的价值和从书店里刚买回来时,就不太一样了。

古时候的书是线装书,每一本书皆是难能可贵。我记得在家乡晒书的时候,看到书里面琳琅满目的有绿色、蓝色、红色的眉批,还有好多大小形状不同的图章。我的父亲说这都是前人心血的结晶,他们读过很多的书,一代一代地把意见写在书上,这种书的确是价值连城,不只是作者一人的意见,还包括很多读者的意见。我们不妨模仿古人读书的精神。

书的类别

书怎样分类,大约不外三种:一种是知性的书,就是诉之于理智的;另一种是感性的书,诉之于感情的;还有一种是悟性的书,要用心灵去体会,包含了知性与感性。若不用思想去理解、分析它,就不能感受,感受之后才能从内中最精辟的意见悟出一个道理来。

知识性的书不外乎人文科学和自然科学。像历史、哲学和传记这一类都属于知识性的，要用脑子去理解。文学方面的书是属于感性的，就是诗歌、散文、小说、小品文、报纸副刊上的杂文、报导文学、传记文学等等，它是让你在心灵上深深有所感动的。悟性的书就是哲学方面的和现在很多励志的书，都带着哲学意味，要你去领悟它。

现代书的印刷这么发达，出版物这么多，我们到了书店、书展或书城里去看书，真不知买哪一本好。古籍浩如烟海，现在的新书也浩如烟海，我们怎么去选择书呢？每个人的经济能力、兴趣、时间都不相同，选择书也各有不同的标准。我只讲我个人选书的习惯，给各位朋友做一个参考。我若看到报上出版社出新书的广告（各大报在月初与月中都有这种广告），书店里也会寄广告和划拨单子到你家来，总先看看它广告上说的简单的几句话，了解书大概的内容，把想买的书名、出版社和价钱都记在一小本子上。因为报章杂志很难长期保留，过了两天，事情一忙，再去找就找不回来了。我觉得很想买的加两个圈，只想看一下的打一个勾。

还有许多介绍书的杂志，譬如《书评书目》《出版家》《出版与读书》《读书人》等，这一类报章杂志都有每月新书介绍，可以从中选择你喜欢的。再如路过书店时可向它要一份目录单，就自己喜欢的一栏，选几本想看的书。等下一次有空到书店时，便可找到那本书来看。我想每个人都有一个习惯，就是把想看的那本书拿起来，总是先看一看封面，就像是看一个人，不由得先看看他的衣着面貌一样。如果封面设计很高雅，你自然是要打开来看看；如果封面设计得非常俗气，觉得内容大概也高明不到哪里去。打开书以后，先看看作者本人或旁人介绍的序。看内容时就要先看目录，文艺书籍不一定要从第一篇看起，可在目录上挑出最有兴趣的看。现代人看书很快，一目十行已经不算什么了，看了觉得有兴趣，可以再看一篇，如果真的爱不释手，这本书买回来绝对是值回票价，不会上当的，可以买。

每个人的经济能力不同，支配的方式也不同，若每个月打算买两三本书的话，选择当然比较严格。好在现在各书店都欢迎大家尽量地浏览，那么不妨抽空上街去逛书店，在这家书店看几篇，再到那家书店看几篇，很快地一本书便看完了。你没有打算要买，也可以把这本书看完了，这也是一个很有趣的方式。

理性的书，要思考的，就不能这样子看，你自然会想要一本好书像经典似的慢慢体会它的味道，那就是说，可以就自己的兴趣精选一本自己最爱的书。翻译的也可以，创作的也可以。选书时我有一个习惯，就是旁人爱慕的一本书，我自然会要去看的，但我绝不会因为这本书很好，旁人已经全部看过了，觉得自己没有这本书好像难为情，我没有这种心理。我觉得每个人有每个人的情趣，每个人有每个人感悟的不同层次。他如是我的知心朋友，情趣相投，那么他说的话在我心里分量自然重些；如果我们的情趣不是完全一样，生活方面不相同，各有可取之处，那么他所说的，我也会很重视地去把它拿来看，却不一定要去买这本书，因为没有好高骛远到要买齐天下书的事。

选读得懂、又爱读的书

我的原则就是买我真正爱读的书，交我真正想交的朋友。朋友也分几种：泛泛之交、点头之交和可以谈心的、可以托死生的。书本也是这样的，一个人一生当中总有几本体会最深刻、最了解的书。好像你在念书的时候，在学校里专攻哪一系，现在分科细密，某一系当中你所读的是那一门专长，也不可能样样精通，所以这样就可以把范围缩小，不至于心情紧张地说"怎么办呢？这么多书我都没看过，看哪本好呢？"

  选择书时我就是选择和我性情相近的，还有是选我的程度够得上的。我个人觉得欠缺的方面就要特别学习，一个人想把很多好书都买齐根本不可能，也没那许多时间去读它，所以只能够买够我程度的书，这程度我觉得恰恰好，那么我读了以后就会觉得心得很多，不至于觉得太紧张。如果太深了，我读不懂，觉得自己很差，就会很气馁了。

  现在再讲怎么一个读法。各人读书的方式和习惯都不同，我们不妨就书的性质大概分一下，依个人的心情、兴趣、时间和不同的地点来读不同的书。欧阳修读书有三上，就是马上、枕上和厕上。我们近代生活匆忙，我个人把读书分为几个"边"，一种是案边，这是严肃些需要体念、思考的书，必须在案边正襟危坐，用古人眼到、心到、口到、手到的"四到"来看的书。苏东坡说"读书不做笔记，有如雨下大海，了无痕迹。"下的时候狂风暴雨，过后就没有痕迹了，所以手到是很重要的。把感想、意见，在某一页上作者讲了什么，我对作者的意见是同意或不同意，作者的生活跟我现在这一下子的感受有什么相吻合之处，都可以写下来。写完之后也许就写成了一篇文章。过一个月后，同样的一本书再看一遍也许又有不同的感想，看到原来的笔记，有补充的地方或甚至有相反的意见，这就是自我的检讨，随时都在进步之中。看到别的书和这本书有不谋而合的地方，或有相反意见的地方，也可以记下来。用活页记比较方便。这类书一定是放在案头，是比较严肃的书，比较要用心去读的。

第二类书是枕边书，枕边书是比较轻松的。我常收到朋友寄来的书，有些是属于枕边书的。枕边书一定是妙语如珠的，使你发出会心的微笑。一天工作下来很疲劳，晚上临睡时若拿起一本硬性的谈理论、哲学或知识的书，没看几行一定就会睡着，催眠是很好的，但是可能不会有什么真正的益处，所以以听音乐的心情来看书，最好是哲人的细语，或小品文、散文，像《湖滨散记》《静屋心语》《珠玑语》等，现在各类励志的短小精干的作品很多，短篇小说也可以，很快速地就可看完一篇。儿童诗尤其好。我觉得枕边书也不宜太兴奋的，比方说长篇小说的波涛起伏，情节太吸引人，或高潮迭起的侦探小说，一看下去就想要一口气把它看完，而弄得通宵失眠了。这样就要影响第二天的工作和情绪。这种书并不适合放在床边，床边最好放一些轻松的书。

另一种书是灶边书。我们主妇离不开厨房，厨房边上最好摆几本书。灶边书要就各人的喜欢。你或许会说，等水开、等着在菜中加佐料时，手忙脚乱，怎么可能看书？未免是唱高调。可是我还是有这习惯，摆一些轻松的书在灶边，譬如说小小说、散文、短故事等等，甚至是儿童读物。我觉得很有意思，看几行放下来一样可以做事情，你在等待不能离开灶边时一样可以看，可以充分利用短短的时间，看完一本有趣的书。

还有和旁人交往，很多时候要利用电话，电话边也可摆书。电话或许不是立刻接通，如果电话未通，你需要稍等几分钟，这几分钟的时间一样可以看书。太过分理论性的书在这儿不适合；

励志、文艺或知识性的，都可以在这时间内读。罗斯福总统在日理万机，每天通多少个电话的百忙之间，每年仍能读完几本巨著，就是在等待电话的时间读完。我想把零碎的时间累积起来，可以做多少事情。每个人都说自己很忙，有时候实在是不会支配时间，我觉得自己叫忙有时实在是躲避责任，有时是浪费时间。若能利用短短的时间也是很有趣的。

几乎每个人都有等车的经验，那时真是急躁得不得了，你等三路车时，偏偏来五路，好容易三路来了又不停。这种情况之下，如果口袋里装了本轻巧的书，拿起来看几行，心情就会轻松得多。这就是等车时可以看的"站边"书。

万物皆是书

枕边、案边、灶边和等车时候的站边书，是具体的书。还有抽象的书，是逛马路时看到的人生的各种景象。例如：橱窗的设计，是要学美工的或艺术的，可以用批评的眼光去看，你也有自己的构想，这范围岂不是和读书一样？你游山玩水看到了美的风景，画家可以用色彩线条来留下痕迹，诗人可以吟诗，若你有情趣写作，或喜欢阅读，阳明山的樱花、日月潭平波如镜的水、碧潭的美景，都可以作为你生活上的一种调剂，所以清朝才子张潮说："善读书者，无之而非书？山水亦书，棋酒亦书也，花月亦书也。"可见你只要能以同情之心去感受万事万物，一切都是书。所以，山水是案头的书，文章是案头的山水，这真是享受无穷。我们在听音乐会、看画展、游山玩水之中，就可以在心里写下很好的文章。若没有写作的习惯，那么回过头来读你去过的地方的游记,心里感受一定不太一样,觉得这地方我去过,他写的怎么样,我的感受如何,就可以有一种比较,心得也就特别地多。一个人的"我"是很重要的,尽管哲学家、宗教家要破除"我"的观念,老子说:"人之大患,在吾有身。"因为有"我"在,自私也因而产生了。嫉妒、愤怒、不高兴、误解都因为"我"的范围划得太小。可是也不能没有"我"呀!佛家说:"我不入地狱,谁入地狱。"要先有我。基督教说要"爱人如己"。若以"我"为中心,将小我扩充为大我,那么到处都是学问。大自然之间处处都是学问,天地就是一本广义的大书。

读书的范围实在很广,我个人是把读书当成一个轻松的乐趣。读书有苦读和乐读。苦读是理智方面,要用心的,有一种非达到目标不可的决心,当然要下苦功。可是还是要养成快乐的心情,从书中获得更多乐趣。

每个人皮包里所带的笔和小本子,随时记生活所得。看了一段书的感想,我建议马路边的景象,车上的现象,社会百态,对这一切都可养成敏锐的感受力,时时刻刻内心起感觉。佛经里一句话说"大慈大悲,广大灵感",大慈大悲就是充满了同情心,广义的同情心不是可怜一个人才付出同情心,同情就是共鸣的意思,就是对一件事发生很大的兴趣,兴趣一提高,生活情趣的意境也提高了。不断地吸收新知识,把所学配合眼前社会的实际情态来批评它,观察它,那么写作的泉源也跟着来了。对于批评书的尺度也就提高了。我一直记得夏丏尊先生的一句话:"读者自己不要轻视自己,觉得自己没有做到作者的地步,做个水准高的读者,有鉴赏力,有批评的眼光,就已达到与创作者同样的水准。"这就是你与他已完全沟通,这就是同情。

我们对万物没有感性，没有知性，没有观察力，没有悟性，没有体验力的话，不用说是读书，就是日常生活都会枯燥乏味，产生自怜自悯之感。西方的统计数字说女性自杀特别多，这是件很不幸的事情，大概就是因为女性多愁善感，生活圈子又窄，往往到中年以后，子女成人难免有空虚之感。如果不能充实自己的生活面、感情面和知识面，会觉得活着没有什么意义。所以读书和创作就很重要。

创作并不难，例如《妇女杂志》中的"主妇随笔"，一篇篇都是很好的创作，她们的见解、她们提出来的问题，都可写成很好的小说、社论，都各有主题。写作好比雪花的凝聚，在显微镜之下，没有一朵雪花是相同的。雪花是怎么变成的呢？空中飞扬的尘埃，是雪花的核心，水蒸气凝聚在上面，温度突然地变化，就凝成了雪花。这比喻就好像我们创作，我们读各种东西，得到一个核心，思想有了依据，遇到一件事，不禁不停地思考，再遇到另外的事情，凝聚大了，忽然灵感一闪，就像空气温度一变，凝成了一朵美丽的雪花。我认为读书和写作若能配合，情趣更能提高。这表示我一方面消化了，一方面也把它写出来，等于牛吃下草后，变成牛乳，牛乳要流出来供给大家做为食料。

潘女士在演讲后，回答了读者提出的问题：

问：利用短暂时间看书（如电话边），是否可能会觉得浮躁而无法介入？

答：有时候看书，拿起书来，是会视而不见，读不下去的。我们说读书是多么地快乐，这是我今天到这里来，在很愉快的心情下说出来的话。家事的繁忙、匆忙的生活，是会干扰我们读书的心情的。怎么能够平静下来呢？我想我刚才说的查尔斯·兰姆的方法可以试用一下，就是念书前，静下心来默祷一下。闭上眼睛，平静心情，这也要靠自我控制的力量，开始较困难。西方现在讲"超级静坐"就是给人一个"因"，静坐想着这个因，烦恼就会平静下来。心情不好的时候，可以看一本有吸引力的小说，反倒不能看关于修养的书。

读书的境界有不同，王国维先生讲读书的三种境界，少年读书好像门缝里窥探月亮，微微的光看不清楚，但有种神秘的感觉；中年读书好比庭院赏月，老年读书好像是台上望月。这不同的心情是一天中都可经历到的。

问：您所读的旧文学是哪一类的书，请举例好吗？

答：我原来读的是中国的旧文学，《诗经》《楚辞》《左传》《史记》、唐宋元诗、词、曲等等。现在我欣赏性而无系统地读的是唐诗宋词，也温四书、宋明语录。《左传》《史记》是历史名著也应多读，世界书局出的《史记精华》是把最好的部分摘出，使短篇的故事性浓，附白话翻译，看起来非常容易。《世说新语》甚至儿童的成语故事也可增加常识，丰富人生。旧书均不外诗词、历史文学类。

问：要怎么样开始写文章？

答：这就是我刚才说的，要把笔与口的距离拉得很近。我们为什么写不出来？就是把写作看得太严重，觉得写和说话不同。其实现在的语体文，写作不就是讲话吗？提起笔来就把感想写下来，最好的方法是做笔记、写日记，过了三五天再拿出来看，这时有了距离，自己变成了读者，可以来批评修改自己的文章。在创作中最重要的是"真诚"，修辞还在其次，孔子说："巧言令色鲜以仁。"只要说的是真心话就弥足感人。张学诚说："文不足以感人，足以感人者情也。"我觉得写作就是把真情表现出来。举例说朱自清的《背影》，没有深奥的文字，只是一片真情，给人的感受很强。开始写作不求一语惊人，不求艰深。现在《妇女杂志》有一栏"主妇随笔"，就是主妇交谈的最好机会，把小小的感想寄出去，排了铅字后像穿了漂亮的衣服，看来就不同了。

问：听您的谈吐慢条斯理，且您的作品又是那么柔细，而您却说您的性子很急躁，这似乎不太配吧！

答：这位朋友这样说实在是过奖了。我实在是十万火急的急性子。我想人生实在是多面性的。我读小学时的外国老师跟我讲，人有时应当像钻石一样，多面性的光芒四射。我当然不敢这样说自己，但人生总应朝这目标去做。我知道自己相当性急，写作时却是最平静的，我每天起来先列张单子，列出一天要做的事，等到单子上的事差不多做完了，我才能静下来写东西。我是把一天里重要的事先做完再写，才能轻松地写，所以表现的也可能是我轻松的一面。我今天到这里来又吃又喝，和各位见面谈话，心情愉快，自然也变得慢条斯理了。

<h3 style="text-align:center">列一个读书计划表</h3>

问：请问一个家庭主妇如何能够按照自己的读书进度表去读书，而不因循苟且，荒废时光？

答：列出一个大概的计划，决定要读多少书，到了一定的时间读不完要读的书，不必着急。以乐观的看法来看，至少三本书中已看完了一本；若没有计划，可能一本都不会看完；若没听过这本书，根本连这本书都不知道。不要求好之心太切，或自己在因循苟且，要看好的一面，保持轻松的心情。

问：年轻创业时，难有分心欣赏旧诗词的心情，是否是种时代病？

答：我接触许多年轻同学们对诗词有强烈的爱好，足以证明急促的生活必须用轻松的精神修养来调剂。诗词读起来就有这种轻松愉快的感受，例如说："长沟流月去无声，杏花疏影里，吹笛到天明。"只要一次次去读，就可以发生共鸣。王国维说过，哲学家的话可爱但不一定可信，历史学家的话可信而不一定可爱。我相信他虽没明说，一定觉得文学家的话是又可爱又可信。我们不要以为无法把旧诗词配合到生活中来，要配合还是可以的。

问：爱书者满足于自我的小天地，如何破除"独学无友，孤陋寡闻"的毛病？

答：这我刚才已提到，朋友就是书，书也是朋友。独学无友是因为现代生活太匆忙。所以要多读书和参加各种活动，不会没有朋友的。所谓"以文会友"就是此意。（注：此文为演讲记录）

原载台湾《妇女杂志》（一九七七年三月号）

琦君写作年表

（年龄以农历计算）

一九一七年七月，一岁

出生于浙江永嘉县瞿溪，名潘希真。

一九一九年，三岁

很笨，只会说单字。因终日与黄牛做伴，见任何人都喊他"哞"！夏承焘恩师（字瞿禅，以下称瞿师）执教瞿溪乡村小学，曾来我家，教我说"月光"二字。（在我卒业大学时，老师曾赠诗云：我年十九客瞿溪，正是希真学语时。）

一九二一年，五岁

家庭教师叶老师开始教方块字：人手足刀尺……

一九二二年，六岁

学描红，不会握毛笔，常常挨打。

一九二三年，七岁

读《诗经》、唐诗，习字，甚苦。

听母亲在佛堂念《心经》《白衣咒》，跟着念，背得朗朗上口。临睡时母亲教我念《灶神经》《太阳经》《孩儿经》，温和低沉的音调，使我感动，也很想自己编一套来唱。

老长工阿荣伯教我唱"十八岁姑娘学抽烟，银打的烟盒儿金镶边……"一下子就会背，比唐诗有趣多了。

一九二四年，八岁

读《女论语》《女戒》《孟子》。背得不完全，时常挨骂。

读香烟洋片背后的故事，听堂叔讲"三国"，对历史故事发生兴趣。

一九二五年，九岁

读《论语》、唐宋古文、《左传》，学作文。

临堂叔写的对联一副，挂在花厅中，非常得意，对联是："专菜鲈鱼，人生贵适意。琼楼玉宇，高处不胜寒。"

一九二六年，十岁

偷看武侠、言情等小说。

叶老师特准看《三国演义》及《东周列国志》的指定部分，要写感想，甚苦。

一九二七年，十一岁

在北平的哥哥去世，以文言文写"祭兄文"，又以白话写"哭哥哥"，堂叔说白话的写得更真。

一九二八年，十二岁

作文《说钓》《说蚁》等满篇"之乎者也"不知所云。写《义猴记》，大感兴趣。

堂叔指点写语体文。

迁居杭州。

一九三〇年，十四岁

考入弘道女中，国文名列前茅，英文、算术不及格。

一九三二年，十六岁

初中部作文比赛第一名，国文、英文均名列前茅，被同学封为"文学大将"，颇沾沾自喜。

一九三三年，十七岁

试写《桃花开了的时候》小说一篇，投稿《浙江东南日报》副刊被退回，甚灰心。

初中毕业（会考时）福至心灵，最蹩脚的算术也考八十分，因而免试直升高中部。暑假中，父亲督促重温《左传》《史记》，并读通鉴，我暗中读新旧小说甚多。

一九三四年，十八岁

高一级任导师命写《烟鬼下场》应征，以佳作入选，得稿纸二刀，铅笔半打。

一九三五年，十九岁

国文老师鼓励耐心作文，从回忆文入手。写了《童年琐记》，又将《桃花开了的时候》改写，均被选入壁报与学校年刊。

《我的朋友阿黄》，投稿《浙江青年》，被刊出，得稿费二元四角（当时银元一枚可换铜板三百枚，可买鸡蛋数十个）。

再一次以新诗投稿，又得稿费七角。

当选为学生自治会学术股长，主办演讲会、辩论会等，为学生时代最辉煌时期。

一九三六年，二十岁

高中毕业（经过会考），直升之江大学中文系。

暑假中饱读新文艺小说及张恨水的小说等。

《断鸿零雁记》及《浮生六记》《黄仲则诗》每日必读，每日泪数行下。

写《三姊妹》中篇小说，投稿到处碰壁。

一九三七年，二十一岁

中文系同学追随瞿师散步钱江大桥、六和塔、九溪十八涧。寓教诲于游乐，于山水中悟恬淡的生活情趣。瞿师有"短策暂辞奔竞场，同来此地乞清凉"及"松间数语风吹去，明日寻来尽是诗"之句。吟哦中深有所悟。真有"浴乎沂，风乎舞雩，咏而归"的乐趣。

作文比赛，全校第一名，题目是《中学六年作文文集自序》。

一九三八年，二十二岁

因抗日战争，辍学返故乡，瞿师亦避乱瞿溪，因得就近请益，学诗词读老庄。瞿师赠诗有"希真今日黛沉沉，七字（指词诗）灯前解用心"之句，垂勉至多。

一九三九年，二十三岁

返沪上续学。因副系英文，读西洋名著多种。美籍老师 Dr. Day 与 Mrs. White 教学态度和蔼认真，对我指导启迪尤多，因悟无论中西文学名著，总是要从至情至性中出发，从实际的体认着笔。

将童年时所背《灶神经》《十八岁姑娘》等写成古风，得全系同学赞赏。

一九四〇年，二十四岁

瞿师奔丧返里，由龙沐勋老师代词选课，教作"慢词"。

一九四一年，二十五岁

卒业大学，任教上海汇中女中，为卢燕（她原名卢燕香）编导话剧《火炼》（与另一位任教该校的同学合作）。

一九四三年， 二十七岁

返故乡任教永嘉县中，为学生编导话剧。

瞿师亦返故乡，嘱写《之江同学沪滨欢聚回忆录》，引起写回忆文的兴趣。

永中距瞿师寓所谢池巷（因永嘉太守谢灵运"池塘生春草"得名）甚近，我常带领同学趋谒瞿师，面授作诗之道。瞿师故有"秋山满眼谢家诗"之句。

一九四五年， 二十九岁

抗战胜利回杭州，任教母校兼浙江高院图书管理员，得以畅览群籍与杂志，偶写杂感寄报刊。

小说偏爱《块肉余生录》《简·爱》《约翰·克利斯多（朵）夫》《小妇人》，自觉纵然学写小说，只能写朴素的自传性小说，不善于想象，不会编故事。

一九四九年， 三十三岁

五月来台，六月间第一篇《金盒子》投台湾《中央日报》副刊，第二篇《飘零一身》投台湾《中央日报》（妇女家庭版），都被刊出，乃开始写散文。由"中妇"主编武月卿女士介绍结识许多文友。

一九五一年， 三十五岁

试写短篇小说《姊夫》，在台湾《文坛》创刊号刊出，提起我写小说的兴趣。

一九五四年， 三十八岁

出版第一本散文小说集《琴心》。

《梅花的踪迹》由糜榴丽女士译为英文，载《印度报纸》副刊上。

一九五六年，四十岁

出版短篇小说集《菁姐》。

一九五八年，四十二岁

出版短篇小说集《百合羹》。

一九六三年，四十七岁

出版散文集《烟愁》。

一九六四年，四十八岁

获"文艺协会"散文创作奖章。

一九六五年，四十九岁

代表"台湾省妇女写作协会"应邀访韩。

短篇小说《百合羹》译为韩文，刊载韩国《女苑》月刊。

一九六六年，五十岁

出版《琦君小品》。

出版儿童小说《卖牛记》。

一九六八年，五十二岁

出版短篇小说集《缮校室八小时》。

《长沟流月去无声》译为韩文。

一九六九年，五十三岁

出版散文集《红纱灯》。

出版儿童小说《老鞋匠和狗》。

一九七〇年，五十四岁

获中山学术基金会文艺创作散文奖。

一九七一年，五十五岁

出版短篇小说集《七月的哀伤》。

一九七二年，五十六岁

应美国政府邀请访问夏威夷及美国本土。

一九七三年，五十八岁

散文《下雨天，真好》选载于一九七四年三月中文版《读者文摘》及同月英文版《读者文摘》。

一九七五年，五十九岁

《烟愁》由书评书目出版社重排，三版出售。

散文《下雨天，真好》选载于一九七五年六月号日文版《读者文摘》。

散文《秋扇》选载于一九七五年九月号《读者文摘》。

出版散文集《三更有梦书当枕》。

一九七六年，六十岁

应《读者文摘》主编特约写散文《母亲》，刊载于一九七六年八月号。

出版散文集《桂花雨》。

一九七七年，六十一岁

出版小品散文集《细雨灯花落》。

留居美国。

一九七八年，六十二岁

出版散文集《千里怀人月在峰》。

一九七九年，六十三岁

出版散文集《与我同车》。

一九八〇年，六十四岁

出版短篇小说集《钱塘江畔》。

出版散文集《留予他年说梦痕》。

散文小说合集《琴心》由尔雅出版社重排出版。

一九八〇年，六十四岁

自美返台，任教"中央大学"中文系。

散文《桂花雨》选载于一九八〇年九月号中文版《读者文摘》。

散文《含蓄之美》选载于该刊同年十二月号。

一九八一年，六十五岁

出版词论《词人之舟》。

出版散文集《琦君说童年》。

出版短篇小说集《菁姐》。

出版散文集《母心似天空》。

散文集《烟愁》由尔雅出版社重排出版。

散文《三如堂主人》选载于一九八一年十二月号中英文版《读者文摘》。

一九八三年，六十七岁

再随夫留居美国。

出版散文集《灯景旧情怀》。

散文《灯景旧情怀》选载于一九八三年二月号中文版《读者文摘》。

散文《一双神仙手》（原名《母亲的兰花手》）选载于该刊同年五月号。

散文《我的英文密码》（原名《标点与我》）选载于该刊同年八月号。

一九八四年，六十八岁

出版散文集《水是故乡甜》。

应邀出席纽约美东区"中华妇女联谊会"座谈。

一九八五年，六十九岁

出版散文集《此处有仙桃》。

出版散文集《琦君寄小读者》。

《琦君寄小读者》获"台湾当局新闻事务主管部门"图书著作"金鼎奖"。

一九八六年，七十岁

出版小品文集《玻璃笔》。

《此处有仙桃》获"文艺奖"。

散文《一对金手镯》选载于一九八六年一月号中英文版《读者文摘》。

散文《髻》选载于该刊同年十月号。

应邀出席休士顿"中华妇女工商会美国总会"演讲《妇女与文学》。

应邀出席旧金山"国建会"美西分会文学组座谈。

一九八七年，七十一岁

出版论评集《琦君读书》。

散文《老太太与小玩意》选载于一九八七年七月号中文版《读者文摘》。

应邀出席休士顿"国建会"美西分会文学组座谈。

一九八八年，七十二岁

出版散文选《我爱动物》。

出版散文集《青灯有味似儿时》。

出版儿童翻译小说《凉风山庄》。

中篇小说《橘子红了》选载于一九八八年三月号中文版《读

者文摘》。

一九八九年，七十三岁

出版儿童翻译小说《比伯的手风琴》与《李波的心声》。

出版小品文集《泪珠与珍珠》。

应邀返台出席"文建会"与台湾《中央日报》副刊合办之"文学讨论会"。

一九九〇年，七十四岁

出版散文集《文与情》。

出版散文集《母心·佛心》。

一九九一年，七十五岁

出版散文选《一袭青衫万缕情》。

出版中篇小说《橘子红了》。

应邀返台出席台湾《中央日报》与"文艺基金会"合办之现代文学讨论会。

一九九二年，七十六岁

出版散文集《妈妈银行》。

出版儿童翻译小说《爱吃糖的菲利》。

应邀出席巴黎海华文艺季座谈会，主讲"文学的世界"。

应中国人民大学邀请，谈"个人对文学创作的主张"。

应台湾大学中文系邀请，谈"新旧文学的共通性"。

一九九三年，七十七岁

出席波士顿"专业人士双周年会议"的文学座谈，讨论文艺在九〇年代的新挑战。

一九九五年，七十九岁

出版散文集《万水千山师友情》。

应华府作协之邀,讲"我怎样走上写作之路"。

出版儿童翻译小说《小侦探菲利》。

一九九七年, 八十一岁

出版儿童翻译小说《菲利的幸运符咒》。

一九九八年, 八十二岁

出版散文集《永是有情人》。

二〇〇〇年, 八十四岁

出版中英对照散文集《琦君散文选》。

二〇〇一年, 八十五岁

被"金石堂"《出版情报》评选为"二〇〇一年出版风云人物"。

二〇〇二年, 八十六岁

出版散文选《母亲的金手表》及《梦中的饼干屋》。

二〇〇四年, 八十八岁

《菁姐——琦君小说选》及《钱塘江畔》改排成二十五开,大字版本。回台定居。

二〇〇五年, 八十九岁

《细雨灯花落》改排成二十五开,大字版本。

二〇〇六年, 九〇岁

六月七日辞世。

图字:15-2017-74号

《母心似天空》经权利人授权山东文艺出版社独家出版发行中文简体版。

图书在版编目（CIP）数据

母心似天空 / 琦君著. —济南:山东文艺出版社,2018.9
ISBN 978-7-5329-5585-5

Ⅰ. ①母… Ⅱ. ①琦… Ⅲ. ①散文集—中国—当代 Ⅳ. ①I267

中国版本图书馆 CIP 数据核字(2018)第 195385 号

母心似天空
琦　君　著

主管单位	山东出版传媒股份有限公司
出版发行	山东文艺出版社
社　　址	山东省济南市英雄山路189号
邮　　编	250002
网　　址	www.sdwypress.com

读者服务	0531-82098776（总编室）
	0531-82098775（市场营销部）
电子邮箱	sdwy@sdpress.com.cn

印　　刷	山东临沂新华印刷物流集团有限责任公司
开　　本	880毫米×1230毫米　1/32
印　　张	7.25
字　　数	158千
版　　次	2018年9月第1版
印　　次	2019年7月第4次印刷
书　　号	ISBN 978-7-5329-5585-5
定　　价	35.00元

版权专有，侵权必究。如有图书质量问题，请与出版社联系调换。